中公文庫

おいしい給食

Road to イカメシ

紙吹みつ葉

中央公論新社

目次

メニュー一　炭水化物の可能性　7

メニュー二　禁断の酒席で求めたもの　67

メニュー三　ホワイトマンの役割　115

メニュー四　おいしくない給食　159

ラストメニュー　念願のイカ〆シ　197

あとがき　236

おいしい給食
Road to イカメシ

メニュー1

炭水化物の可能性

一九八九年——冬、函館《はこだて》。

寒さが厳《きび》しい一月。この日は青空に薄く白い雲がかかり、微《かす》かに舞う雪が強い海風に吹かれている。海は空の青を映し、勢いのある波の白さを引き立てた。そこに海鳥の声も重なり、早朝の空気を清々《すがすが》しく感じさせる。

平日の通勤通学の時間に、冬の海を目の前にした砂浜にわざわざ足を運ぶ者はまずいない——はずだが、今この場所には、一人の男が立っていた。

端整《たんせい》な顔立ちだが、きっちり刈《か》り込《こ》まれた短い黒髪と黒縁《くろぶち》メガネの奥の鋭《するど》い眼光《がんこう》からは、厳しさが感じられる。起毛《きもう》した襟《えり》の暖《あたた》かそうな茶色のコートを着込んでいる。

忍川《おしかわ》中学校の数学教師、甘利田《あまりだ》幸男《ゆきお》。鋭い視線を、大海原《おおうなばら》に向けている。

普段は出勤時に港を通るだけの甘利田が、なぜかこの日、砂浜で足を止めていた。一日の始まりに、波立つ海をなんとなく見てみよう……といった、ただの気まぐれである。

黍名子《きびなご》中学から赴任《ふにん》して、もう二年になる。この寒い土地の生活にも、ようやく慣れてきた——などと思ったところで、一際《ひときわ》強い海風が吹き抜ける。

「ひえっ……」

瞬間《しゅんかん》、気の抜けた声と共に、甘利田の身体《からだ》がブルブルと震《ふる》えた。カチカチと歯が鳴り、思わず手袋をつけた手で口を覆《おお》う。先ほどまでの厳《いか》めしさが消失し、甘利田はそそくさと海から離《はな》れていった。

どうやら、函館の寒さにはまだまだ慣れていないようだ。

寒さに耐えながら忍川中学校までたどり着くと、甘利田はいつも通り、他の教師たちと校門で生徒たちを出迎えていた。

厚手のコートに手袋といった完全防備だった出勤前とは違い、このときの甘利田はグレーのジャケットに臙脂《えんじ》色のネクタイ、紺《こん》色のスラックス姿だ。

生徒たちはマフラーや手袋でしっかり防寒しているが、ちらついていた雪も今は降っていないからか、コートを着ている生徒は意外と少ない。そんな状況とは関係なく、甘利田はいつも防寒着を身につけず校門に立っている。威厳《いげん》ある姿を見せるためである。

「おはよう」

「……おはようございます」

「顔！　顔起こせ」

眠そうな顔で登校してくる生徒には、容赦《ようしゃ》ない一喝《いっかつ》を飛ばす。だがしっかり顔を上げて挨拶《あいさつ》が返ってくれば「いい感じだな」と返すこともあった。

甘利田が立つ場所から校門の反対、向かって左側には、二人の教師が立っている。

一人は、上下ジャージにホイッスルとストップウォッチを首にかけた姿がいかにも体育教師、といった出《い》で立《た》ちの、甘利田と同じ三〇代の男性・木戸四郎《きどしろう》。もう一人は、肩《かた》にかかるくらいの黒髪に、クリーム色のコート、赤い手袋をした二〇代前半の女性で、英語教師の比留川愛《ひるかわあい》だ。

「おはよう！」

「おはようございます！」

やってきた生徒に対し、木戸だけでなく比留川もハイタッチで挨拶を交わす。双方《そうほう》ともに、明るい笑顔である。元気な二人に、生徒たちも「おはようございます！」と同じように返していく。

半年前は、木戸の隣でオドオドしているだけだった比留川だが、今ではすっかり堂々としていた。ハイタッチでの挨拶が馴染《なじ》んでいて、生徒たちもそれを受け入れている。日常的な朝の風景となっていた。

（私は給食《きゅうしょく》が好きだ。給食のために学校に来ているといっても、過言《かごん》ではない）

そして甘利田の朝の日常といえば――給食に思いを馳《は》せることであった。

（その歴史は子供の頃から。なぜなら、母の作るご飯がまずかったからだ。が、故《ゆえ》に給食は、私にとって一日で最も充実《じゅうじつ》した食事だ。だがそんなことは、決して周りに知られてはならない）

甘利田にとっての最優先事項は、とにかく給食だ。同時に、それが褒《ほ》められるべきことでないことも、理性では重々承知していた。

（教師が生徒以上に給食を楽しみにしているなどと知られたら、私の威厳は失墜《しっつい》する。なので、ただ心の奥底で給食を愛するだけ……）

過去にいた中学校でも、このポリシーはそのままだった。だが「心の中でだけ」だと思っているのは、甘利田本人だけである。愛する気持ちが溢《あふ》れ、漏《も》れ出《で》ているということに気づいていない。そしてそのことを指摘《してき》されても、「そんなことはない」と決して認めようとしないのが、甘利田なのだ。

色々無自覚なことも多い甘利田の耳に、テンションの高い比留川と木戸の挨拶がくり返し響《ひび》く。だんだん眉間《みけん》に皺《しわ》が寄ってきた甘利田は、二人に視線を向ける。

「ちょっと、お二人」

甘利田が声をかけながら近づいていくと、ハイタッチの構えを取っていた二人は、同時に手を降ろす。

「朝の校門で、生徒以上にはしゃいでいる教師というのはいかがなもんでしょう」

甘利田自身が、給食を生徒以上に楽しみにしていることを知られたくないと思うだけに、言わずにはいられなかった。たとえ、隠せていないと本人は知らないとしても。

「すみません。つい、楽しくて」

苦々しい表情の甘利田に対し、比留川は笑顔で両手を上げ、ハイタッチの動きを見せた。謝ってはいるが、さほど気にしていないことがわかる。

「いいじゃないですか。今日も頑張《がんば》るぞ、って盛り上げてるんですから」

木戸が付け加えながら、両手の拳《こぶし》を握ってファイティングポーズを取る。隣の比留川もそれに倣《なら》い、上げていた手を握り、同じポーズを見せた。

「盛り上げなければ頑張れないような子供に、未来はない」

気合い充分な二人に対し、厳しい言葉でバッサリ切り捨てる甘利田。あまりの容赦のなさに、比留川も木戸も目を丸くしていたが——そこに、カシャンッ、カシャンッ、と謎《なぞ》の音が割り込んできた。

甘利田たちが視線を向けると、歩いて登校してくる生徒たちに交じって、甘利田のクラスの教え子の姿があった。

丸顔で目の大きい、穏《おだ》やかな物腰の男子生徒——粒来《つぶらい》ケンだ。彼は歩いているのではなく、飛び跳《は》ねていた。

マフラーを巻いた粒来は、T字の取っ手を手袋をした手でつかみ、足場に両足を乗せていた。そこから地面に伸びる棒の部分がバネになっている。

粒来は器用に跳ねながら、校門の前までやって来た。そのまま校門を通ろうとする粒来の前に、甘利田が素早く立ち塞《ふさ》がる。ぶつかりそうになる直前、粒来はそれから降りた。

「粒来、なんだこれは」

言いながら、甘利田は持っていた指示棒で粒来が乗っていた道具を軽く叩《たた》く。高い金属音が校門前に響いた。

「ホッピングです。今大ブームなんです」

日本ではそう呼ばれているが、海外での名称は「ポゴスティック」である。日本にやってきたのは一九三〇年頃で、「スポオツヂャンプ」という名称で発売された。第一次ブームが起きたのは「ホッピング」と名付けられたあとの一九五七年頃で、一九八〇年代でのブームは第二次に当たる。また違う名称で売り出されたが、粒来は第一次ブームを知っている世代から「ホッピング」と教えられたのかもしれない。

一九八〇年代より未来では、スポーツとして取り扱《あつか》われていたり、ただ下部にバネがついているだけの「ホッピング」と「ポゴスティック」ではちょっと違う扱いだったりするようだが――それはともかく。

「なぜこれで登校してきたかと聞いている」

「練習して、だいぶうまくなったんで」

「公道でやるものではない」

笑顔で言う粒来に対し、甘利田はガシッとホッピングをつかんで持ち上げた。

「それと、こいつは……やり過ぎると胃下垂《いかすい》になるらしい」

大真面目《おおまじめ》な顔で脅《おど》すように言う甘利田に、粒来も緊張した面持ちで「……イカスイ」とくり返す。言葉の意味は、あまりわかってなさそうである。

この噂《うわさ》が第一次ブームの沈静化につながり、ホッピングが廃《すた》れる要因となった。だがこの噂に医学的根拠はない。甘利田も幼少期、この話を聞いたのかもしれない。

「次やったら、没収する」

そう言い放つと、甘利田は粒来にホッピングを差し出す。受け取った粒来は「はい。失礼します」と頭を下げ、校舎へ向かった。当然、ホッピングは手に持ったままだ。

比留川や木戸に挨拶をして校門を抜けていく粒来の後ろ姿を見送ると、甘利田は校門前の定位置に戻った。

（粒来ケン……私の、給食道のライバル）

給食道――給食を、己《おのれ》のおいしいと思う食べ方で食べる。甘利田にとっては生き様とも言える概念。甘利田は、教え子である粒来に、その気配を感じていた。

甘利田が函館にやってきて、一年以上過ぎた頃――ストーブが目の前の席になったことをきっかけに、給食をアレンジして食べ始めた生徒。

かつての給食道のライバルとは別れ、遠く離れた北の地で、新たに出会った存在だった。

校門前の挨拶を終え、甘利田たちは職員室に戻って来た。

ジャケットを脱ぎ、代わりに水色のカーディガンを羽織った甘利田は席につくと、デスクの引き出しから献立表《こんだてひょう》を取り出した。周りでは、教師同士で相談をしていたり、生徒が教師を訪ねてきて質問をしたりと慌《あわ》ただしいが、甘利田は悠然《ゆうぜん》としている。いつでもすぐ確認できるように、と丁寧《ていねい》にA4サイズのハードカードケースに入れた献立表の、「二月六日月曜日」の欄のメニューに甘利田は注目した。

（今日のメインは、給食麺《めん》の中でも異色の人気を誇《ほこ》るジャージャー麺。スパゲティでも焼きそばでもない、汁なし麺類の異端児《いたんじ》だ。さらには最強サイドメニュー、竹輪《ちくわ》の磯辺《いそべ》揚《あ》げに、素敵《すてき》な和のデザート、胡麻《ごま》団子《だんご》がつく攻めのラインナップ）

改めてメニューを確認し終えると、甘利田は今日の日付のところをハンカチで丁寧に磨《みが》き始めた。キュキュキュッ、と高い音が騒《さわ》がしい職員室内に消える。

（まさにこれは、オフェンシブな給食、略してオフキューだ）

英語教師である比留川の教育係として共にいることが多いからか、無意識に影響を受けている――というより、「オフキュー」と言いたかっただけかもしれない。

「――先生」

テンションが上がり切りそうなとき、その声を聞いた甘利田は慌てて献立表をデスクの引き出しに押し込む。しかし声の主である教師は、甘利田の横を通り過ぎて行った。どうやら甘利田のことを呼んだわけではなかったようだ。

今ではもう、甘利田が献立表を見ながらニマニマしていることなど周知されている。ただ本人はそんなことを知らないので、誤魔化《ごまか》すのは日常茶飯事《にちじょうさはんじ》なのであった。

今までのことがまるでなかったかのように、甘利田は隣の席の比留川に視線を向ける。

比留川の手には、三つ折りの手紙があった。それを見た瞬間、声をかけていた。

「ラブレターですか」

言いながら、甘利田は不躾《ぶしつけ》に手紙を覗《のぞ》き込《こ》んでみるが——書かれていたのは、英文であった。何が書かれているか、数学教師の甘利田にはさっぱりわからない。そんな態度を気にする素振りもなく、比留川は笑う。

「え？　違いますよ」

「先生はモテますからね。靴箱を開けると、ラブレターが雪崩《なだれ》を打つわけですよね」

甘利田は授業の準備をするため、普段の厳めしい表情で教科書を手に取る。興味はないと言わんばかりの態度だが、やけに具体的な発言だ。

比留川は、甘利田の発言への驚きで目を丸くしていた。

「……先生の妄想《もうそう》は、給食だけじゃないんですね」

「給食に妄想などするわけがない」

しみじみと言う比留川の言葉を、バッサリ否定《ひてい》する甘利田。比留川としては「そういうことになっている」のは承知しているようで、それ以上ツッコミを入れず、手紙に視線を戻して「父からです」と続けた。

「父が今度、沖縄《おきなわ》でインターナショナルスクールを開校するから、そこに来いって……どうしたらいいと思いますか？」

「自分で決めるべきです」

縋《すが》るように甘利田を見る比留川。甘利田は授業の準備のための手を動かし、視線は手元に向いたままである。一見すると突《つ》き放すような冷《つめ》たい態度だが、比留川は続けた。

「……まだ私、甘利田先生を近くで見ていたいんで」

冗談のような軽い調子で言うと、甘利田の口から「なっ」と声が漏れ、作業の手が止まった。顔を上げ、ゆっくり比留川に視線を向ける。

「それ、は……まさか」

甘利田の心臓が早鐘《はやがね》を打ち、言葉が上手《うま》く出てこない。

普段の甘利田は正論で相手を容赦なく叩きのめすような厳しい面を持つが、色恋についてはかなり奥手であった。「そんなことより給食」という側面もあるが、単に恋愛経験値が低く、「厳しい態度を見せる自分がそんなものにうつつを抜かしたりしない」と無意識に抑《おさ》え込《こ》んでいるところがある。興味がないフリをしている、とも言える。

故にこうして、「それっぽい言葉」を聞くと、過剰に反応してしまうのだった。

「どうかしました？」

「だって……その、毎日雪崩を打ってるのに……」

ラブレターの雪崩を起こすような女性が、自分に興味を持っている――という可能性に、甘利田はそわそわしていた。甘利田の異常事態に気づくこともなく、比留川は笑って「だから打ってませんよ」と返した、その直後。

「――おはようございます」

職員室全体に声をかけたのは、刈り込まれた短い白髪《しらが》と広い額《ひたい》、丸い顔が柔和《にゅうわ》な印象を与える男性・坂爪勲《さかづめいさお》だった。彼が出てきたのは校長室で、その主でもある。

校長の挨拶に、比留川や甘利田、他の教師たちも着席したまま和《なご》やかに挨拶を返す。坂爪が窓際中央まで進み出ると、その後ろから黄色のジャンパーを着た男性が現れ、続く木戸もその隣に並ぶ。

黄色のジャンパーを着ているのは、禿頭《とくとう》の赤ら顔で、恰幅《かっぷく》の良い男性――ＰＴＡ役員の白根澤仁《しらねざわひとし》だ。その腕には、チラシらしき紙束を抱えている。

「えー、皆さんちょっと聞いてくれますか。ＰＴＡの白根澤さんから提案があるそうです」

坂爪が言うと、引き継ぐように白根澤は口を開いた。

「私が後援会長をしてます、現町長の等々力《とどろき》先生が二期目に向けて公約を発表しました。皆さんにも関わることなんで、これ、配りますね」

そう言って、白根澤は紙束を掲《かか》げて職員室全体に見せた。そこには「食の改革」「地域の給食、あなたの力で変えよう！」「とどろけ！　等々力！」といった文字がある。

中央には短い黒髪にスーツ姿の五〇代後半の男性が写っている。白い歯を少し見せて微笑《ほほえ》む姿には清潔感があった。彼がその下に印字された「等々力宗太《そうた》」本人なのだろう。

白根澤は「よく読んでね」と付け加え、近くにいる教師からチラシを配っていく。すると今度は、木戸が坂爪の隣まで進み出て、話を続けた。

「等々力町長は、かねてから給食の残食に対して問題視してまして、今回の公約もより厳しく、生徒たちを指導《しどう》していこうという趣旨《しゅし》になっています。ですので、今日から三学期の終わりまで、完食強化月間としたいと思います。給食時間内に食べ終わらない生徒には、五分の延長戦に入らせてください。お残し禁止を、徹底していただきたい」

木戸が言い終えると同時に、近くの教師にチラシを配り終えた白根澤は木戸の前を足早に横切って、甘利田の席の横までやってきた。

他の教師たちは木戸のほうを向いて説明を聞いていたのに対し、甘利田は授業の準備のため、机に向かっていたのだ。

「甘利田先生、はいこれ」

白根澤が不満そうに声をかけ、チラシを差し出す。すると甘利田は、「はい」と返事をして受け取ると、ろくに見もせずデスクにチラシを置いた。興味がないことを隠そうともしない甘利田の態度に、白根澤は一瞬《いっしゅん》目を剝《む》く。その直後、甘利田が言う。

「五分の延長戦のあとはどうなるんです」

作業の手は一切止めず、白根澤や木戸のほうを見ることもなく言うと、白根澤は「ああ？」と怒気《どき》を含んだ声を上げた。そんな様子にもどこ吹く風で、さらに甘利田は続けた。

「そこでタイムアップか、さらなる延長戦か」

「それは……なるべく全部食べ切れるようにですね……」

痛いところを突かれたと思ったのか、木戸が気まずそうに甘利田の席まで歩み寄りながらも、言い淀《よど》む。

「では、掃除《そうじ》の時間を削《けず》れと」

「だから、そこをうまく……」

「基準が曖昧《あいまい》です」

しどろもどろになる木戸を甘利田がバッサリ切り捨てると、近くにいた白根澤はさらにムッとした顔で「あんたもういいや」と、甘利田がデスクに置いたチラシを奪《うば》い取る。

そのまま隣の席の比留川まで歩み寄り「はい、愛ちゃん」とわざとらしく明るい声でチラシを差し出した。

「あ、ありがとうございます」

「よく読んでね」

比留川が素直に受け取ると、白根澤は機嫌《きげん》が直ったようで、それ以上険悪な雰囲気《ふんいき》にならずに済んだ。

給食を残したら、五分の延長戦に入る――甘利田が異を唱えたこの決定が覆《くつがえ》ることはなく、その日から実行されることとなった。

朝礼が終わり、教室に向かうため職員室を出た甘利田と比留川。配膳室《はいぜんしつ》の前にやってくると、甘利田とは長い付き合いとなった給食のおばさん・牧野文枝《まきのふみえ》の姿が見えた。白い三角巾《さんかくきん》にマスク、給食用の作業着姿で、平たい直方体の給食缶が載ったワゴンの前で腕を組み、深刻そうに何か考えている。その姿に、甘利田は思わず「どうも」と声をかけていた。

「あ、先生。なんか困《こま》ったことになっちゃってて」

「どうしました？」

「今日の献立で、予定になかった白いご飯が届いてるの」

それを聞いた甘利田と比留川は、驚いた顔で歩み寄った。牧野は二人に見せるように、給食缶のフタを開ける。彼女の言う通り、白いご飯がぎっしり入っていた。

「ご飯の誤配送ですか」

「センターに電話したら、もう配送しちゃったからそっちで処理してって言うのよ」

「処理。献立に加えろということですか」

「そうなんだけど、今日の献立が……ええと、何だっけ」

牧野は度忘《どわす》れしたようで、話の流れが止まる。思い出そうと首を捻《ひね》っていると。

「風の噂では、ジャージャー麺だと聞いたり聞かなかったりしています」

今日の給食に関わることなので、甘利田は早く話を進めるためにまくし立てる。必死でありながらも、あくまで「自主的に調べて知っているのではなく噂で聞いた」という体《てい》を保つことを忘れない。

牧野は「そうそれ」と頷《うなず》く。そこに、一歩後ろに下がっていた比留川が進み出た。

「確かにおかしいですね。麺にお米なんて」

「……特段、気にすることはないのでは」

不思議そうにしている比留川に対し、白いご飯をじっと見て甘利田は平然とそう返す。

「え、そうかしら……？」

甘利田の反応に戸惑《とまど》いながら、牧野は給食缶のフタを閉じる。すると「すみません」と明るい声が飛び込んできた。

声の主は、配膳室の角の陰——階段に続く場所から顔を出した粒来だった。一斉に、大人《おとな》三人が注目する。

「僕もそう思います」

粒来が元気よく言う。彼の言う「そう思う」は「麺にお米なんておかしい」と言った比留川に対して、「気にすることはない」と返した甘利田の言葉への同意だろう。どうやら立ち聞きしていたようだ。

力強い甘利田への同意に、牧野は「そう？」と明るく返した。甘利田だけでなく、粒来からの後押しもあって前向きになったらしい。

反面、同意された甘利田は立ち聞きしていた粒来を見据《みす》えた。

「お前こんなところで何してる。さっさと教室に戻れ」

甘利田からの鋭い言葉に対し、粒来は「失礼します」と平然と言って階段へ引き返していった。

「じゃあ、出しちゃおうかしら」

「余らせても、もったいないですしね」

予定外の白米の処理をどうするか決められたからか、牧野の声は明るい。さらに比留川も同意したことで、牧野は「そうよね」と返して方針を決め、給食の準備に戻って行った。

その背中を見送り、比留川、そして甘利田も再び一年一組に向かうため歩き出した。

一年一組の、朝のホームルーム。教卓《きょうたく》には比留川が立ち、出席確認をしていた。

大半の生徒は比留川のほうを向いて、自分の名前が呼ばれるのを待っている。中には、黄色の背表紙の冊子——学芸会用の台本を熱心に読み込む生徒や、前後の席で顔を合わせて読み合う生徒もいた。

後ろの席では、当時ホッピングと同じように流行《はや》っていた「ヨーヨー」で遊ぶ背の高い女子生徒・溝渕《みぞぶち》泰葉《やすは》たちの姿もあった。

短い軸《じく》でつながれた二つの円盤《えんばん》の、その軸に糸を巻き付けた玩具《おもちゃ》だ。その糸の先端を持って吊《つ》り下げ、回転の反動で上下に動かして遊ぶ。こちらも未来では競技になっていたりするが、当時の流行の理由は「スケバン刑事《デカ》」という漫画やテレビドラマの影響である。

騒がしいというほどでもないが、各々《おのおの》自由な時間を過ごしている生徒たちの中で、出席確認をする比留川の声が響いていく。

「磯貝《いそがい》くん」

名簿順で呼び、テンポよく返って来ていた返事が途絶える。比留川はすぐに居眠りしている丸刈りの男子生徒・磯貝太郎《たろう》の席に顔を向けると「磯貝くん」ともう一度呼びかけた。瞬間、一際大きなイビキとガンッという音が教室中に響く。呼ばれた反射で身体が動き、足をぶつけたようだ。おかげで目が覚めたのか、磯貝はゆっくり顔を上げる。

一瞬で磯貝に注目が集まり、「また寝てる」「うるせーよ」と笑いが起こった。席替えの際、磯貝の後ろの席を拒否《きょひ》し交代したメガネとツインテールの女子生徒、丸本米子《まるもとよねこ》はかなり嫌そうな表情で振り返っている。

そんな中で、磯貝は慌てて「はい！」と返事をした。比留川は苦笑して「はい」と出席簿に書き込むと、確認を続けた。

甘利田はというと、自席で窓の外を見ていた。出席確認や、磯貝によって騒がしくなった教室の様子には見向きもしていない。

（ジャージャー麺に、米。献立が増えたのは嬉《うれ》しいが、どう処理するか）

なぜなら、いつも通り、今日の給食について考えているからである。

（ジャージャーを基軸にして竹輪と胡麻団子、瓶牛乳《びんぎゅうにゅう》を行き来するというイメージだったが、ここに米が加わった。基軸が二つ。間違いとはいえ、攻めて来るぜ給食センター。

これはもはやオフェンシブというより、アグレッシブだ。アグキュー）

単純に「攻撃的」が「オフェンシブ」なら、「アグレッシブ」はそこに「強気」や「押しが強い」という意味も加わる。しかしここでの甘利田も、「アグキュー」と言いたかっただけだろう。声には出していないが、語感が気に入ったのかもしれない。

などと、甘利田好みの語感である用語を爆誕《ばくたん》させる中――

「粒来くん」

「……はい」

比留川に呼ばれた粒来が、少し間を空けて返事をした。その表情は真剣《しんけん》で、何か考え込んでいるように見えた。

教室内の様子にはまったく興味がなかった甘利田だが、この粒来の姿は視界の端《はし》に捉えていた。

（こいつも考えてやがる。あんな所で偵察《ていさつ》しているとは……相変わらず抜け目がない）

「えー、今月はいよいよ学芸会です」

甘利田が粒来を観察している間に出席確認を終えた比留川は、全体に向けて話し始めた。

「これまで、みんなで頑張ってきた成果を発揮《はっき》してもらいたいと思います。それに関して、甘利田先生から……」

比留川が言い切る前に、ガタンッと勢いよく甘利田は立ち上がった。その目は粒来を睨《にら》みつけているが、ゆっくり教卓まで歩き出す間に、視線は生徒たちに向く。やってくる甘利田に、比留川は横にずれて場所を譲った。

甘利田は教卓に手を突き、鋭い視線で教室中を見渡しながら口を開く。

「いいか。今日から、最後の追い込みに入る。放課後、部活終わりに教室に集合しろ。夜練だ」

瞬間、一斉に「えー」と声が上がると、「部活のあとなんて無理だよ」とか「塾《じゅく》があるんですけど」と次々に不満が飛び出した。前後左右の生徒たち同士でも不安を言い合っている。

大ブーイングが巻き起こる中、甘利田は比留川が持っていた出席簿を奪い取ると、何度も教卓に叩きつけた。「静かにしろ！」と怒鳴ると、シーンと静まり返り、後ろを向いていた生徒も気まずそうに前を向く。

「言ったはずだぞ。やるからには徹底的にいく」

「ちょっとやり過ぎだと思います」

有無《うむ》を言わさぬ甘利田に対しめげずに声を上げたのは、長い黒髪の上部分を後ろで束ねた女子生徒・国生《こくしょう》道子《みちこ》だ。学級委員でもある彼女は、クラスの代表として意見を述べた。

「そうだよ、たかが劇じゃん」

さらに、その後ろに座る、短髪をオールバックにした男子生徒・浅葉《あさば》浩二《こうじ》が続く。学級委員の国生にちょっかいを出したり、逆に注意されたりしているヤンチャな少年だが、今この瞬間は同じ考えらしい。

「たかが劇——だと？」

甘利田がくり返すと、浅葉はその凄《すご》みに押されて黙《だま》り込んだ。不満たっぷりだった表情も消え、続く甘利田の言葉を聞くだけになっていた。

「お前たちは、そうやって本気で取り組む守備範囲《はんい》を自ら狭《せば》めていく。そのほうが楽だからだ。そういう奴《やつ》は将来《しょうらい》、やるべき事を前にしたとき、まずやらないで済む方法を考えるようになる。たかが劇だからこそ、本気でやらなかったら単なるお遊びで終わる」

教室内を見渡しながら言い放つ甘利田に、反論する者は誰もいない。威圧感に押されて

いるだけではなく、甘利田の言葉自体に説得力があったからだろう。自分が主役だと思って、

「いいか、この劇に主役はいない。逆に言えば、全員が主役だ。もう一度気合いを入れ直せ」

「！」

一年一組の生徒全員が、真剣に甘利田の話を聞く中――突然、粒来が何か衝撃《しょうげき》を受けたように身を震わせ、目を見開いた。その姿を、甘利田は視界の端で捉える。

（……どうした。こいつ、何か思いつきやがったか？）

甘利田は、粒来のあの姿――何か閃《ひらめ》いたときの姿を何度か見てきた。この閃きが、後に給食で、甘利田の想像を上回るアレンジに結びつくのだ。

何を閃いたのか気になって仕方がない甘利田は、粒来のほうを向いたまま黙ってしまった。せっかく、学芸会に向けて気合いを入れ直したところだったのだが――

「一年生最後の行事だし、みんなで作った劇だから楽しく頑張りましょう！」

甘利田の隣にいた比留川は、フォローするように腋《わき》を締め、ガッツポーズのような仕草をする。甘利田の言葉にも通じる「気合いを入れる動き」ではあるが、どこか平和的だ。

比留川は和やかだったが、生徒たちからは、力のない「はい」という声が返ってくるだけなのだった。

ホームルームが終了すると、甘利田は勢いよく教室の扉を開けて廊下に歩み出た。

（あの、イマイマしい顔。私の発言が、何か奴にヒントを与えたに違いない。なんだ……なんだ……私は何を言った……）

「あの子たち、不満があるんですよ……あの劇に」

ゆっくり廊下を進みながら考えていると、あとから教室を出てきた比留川が、甘利田の隣に並ぶ。それによって、一度粒来から意識が離れた甘利田は、ピタリと足を止めて比留川を見た。

「……どういうことですか」

「ちょっと、話が難しいというか……」

甘利田からの問いに、比留川は今出てきた教室を振り返りながら続ける。

「甘利田先生が書いた台本だから、遠慮して言えないんです」

「比留川先生も、そう思っているんですか」

「……最初は、ちょっと驚きましたけど。次第に馴染んできました」

改めて甘利田を見上げる比留川は苦笑していた。甘利田の言葉を否定しないところを見ると、「難しい」とは思っているらしい。しかし「難しいから理解できない」というわけではないのは、比留川の態度から伝わってくる。「そうですか」と甘利田は返していた。

「こう見えて、陰でフォローしているんですから」

理解を示した比留川は、片腕だけで先ほどのガッツポーズを取る。最近の比留川のクセなのかもしれない。

甘利田の知らないところで、生徒の不満や愚痴《ぐち》を聞いたり、セリフに対するアドバイスをしたりしているのだろう。朝の校門での挨拶を考えると、距離の近いやり取りが発生していることが想像できた甘利田は、比留川の額とぶつかりそうなくらい顔を近づけた。

「生徒と友達みたいに付き合うのは……感心しませんね」

顔が近すぎるが故の圧に一瞬怯《ひる》む比留川だったが、すぐに笑顔を見せた。

「そういうやり方にしたんです。どうせ、甘利田先生みたいにはできないんですから」

まっすぐ目を見て続ける比留川に、甘利田は何も言えなかった。

かつて、比留川は何かにつけて甘利田の真似《まね》をしようとしていた。ことあるごとに「やめたほうがいい」と言っても、真似をやめようとしなかった彼女から、こんな言葉が出てくるとは思わなかったのだ。

いや、正確には「思わなかった」わけではない。比留川と初めて会ったときからの変化を知っている今なら、彼女の言動自体に不思議なところはない。

今この瞬間に、比留川の変化を改めて実感したという、それだけの話だった。

午前中の授業が滞《とどこお》りなく終わり——四時間目終了を告げるチャイムが鳴り響いた。

騒がしくなった教室では、生徒たちが給食を食べるグループ分けの配置に机を動かしていく。

白衣《はくい》姿の給食係は配膳室に向かい、給食缶や寸胴鍋《ずんどうなべ》、食器の入ったカゴの載ったワゴンを移動させ、それぞれ教室に運び込む。

配膳のための列ができると、甘利田も並んだ。生徒たちが給食当番に注文をつけていくので列の進みが遅《おそ》く、甘利田はイライラしていた。

しかし配膳の最後に、「甘」印のシールの貼られた牛乳瓶を取り上げると、思わず笑みが浮かんだ。ストーブに載せた大鍋によって温められた瓶牛乳は、寒がりの甘利田にとっての救世主である。指先の温かさに幸せを感じながら、甘利田はトレイを自分の席に運び、全員の配膳が終わるのを待った。

全員が席につくと、本日の日直が配膳台の前にやって来た。同じ頃、校内放送で校歌が流れてきて、生徒たちの校歌斉唱《せいしょう》が始まった。

給食前の校歌斉唱を提案した甘利田はというと——身振りが激しい。何かの試合前かのように手首を動かしたり、拳を振り上げたり、ガッツポーズをしてみたり。そんな甘利田の姿に構わず、生徒たちは各々歌っている。

校歌に合わせてノリノリだった甘利田は、校歌の最後にデスクに手をぶつけ、ガンッと音を立てるのだった。

「手を合わせてください」

　校歌が終わると、日直の二人が声を揃《そろ》える。直後、教室内で手を合わせる音が響き、「いただきます」の日直の声に、他の生徒たちも続いた。

「……いただきます」

　生徒たちから遅れて、呟《つぶや》くように甘利田も続く。汚《よご》れたときのためのハンカチを準備し、メガネを外す。裸眼《らがん》でトレイの上の給食を確認するのが、給食開始時の甘利田の儀式《ぎしき》であった。朝から妄想していた給食との対面を、真剣に楽しむ。

（今日のメニューは、中国四〇〇〇年の歴史が生んだ麺料理、ジャージャー麺。竹輪を料亭《りょうてい》の味に変える発明レシピ、磯辺揚げ）

　トレイ左端のアルマイトの器には、ジャージャー麺用の肉味噌《みそ》が盛られている。本来は全体的に濃い茶色であることが多いが、ややオレンジ色に近く、ニンジンの赤や長ネギの緑が色鮮《あざ》やかだ。本来の肉味噌に、給食用のアレンジが加えられているのだろう。袋に入ったジャージャー麺用の中華《ちゅうか》麺を間に挟んだ右側には、青海苔《あおのり》をまとった衣で揚げられた竹輪の磯辺揚げが、縦半分に切られた状態で二つ、アルマイトの器の中に鎮座《ちんざ》する。衣の端々が、カラッと揚がった食感を想像させてくる。

（こちらも中国発祥《はっしょう》にして和菓子として進化した胡麻団子、いつもの瓶牛乳に……）

　肉味噌の器がある上部には、黄金の胡麻に覆われた、手のひらに収まるサイズの胡麻団子が二つ。見た目は、いわゆる中華のお菓子である胡麻団子と同じだ。白玉粉と水で混ぜた生地《きじ》で小豆餡《あずきあん》を包み、胡麻をまぶして揚げたもの。これが甘利田の知る「中国発祥の胡麻団子」である。

トレイ上部の右端には、「甘」印のシールがフィルムに貼られた瓶牛乳がそびえ立った。

最後に甘利田の視線は、胡麻団子と牛乳の間に置かれた、大きな平皿に向く。

(そして、米だ。決定したキャスティングに、急遽《きゅうきょ》割り込んできた大物俳優のような存在感……当然無視することはできまい)

改めてトレイを確認し終わると、甘利田は目を閉じた。最後の儀式、精神統一だ。

(――刮目《かつもく》!)

同時に手に取ったのは、マイ箸箱《はしばこ》。トレイには先割《さきわ》れスプーンも置かれているが、配膳が終わって自席に戻った際に準備しておいたのだった。

(持ってきておいてよかった。米があるのに、こいつを出さないわけにはいかない。さあ今日も行こうぜ相棒《あいぼう》。輪島《わじま》漆《うるし》塗《ぬ》りの一品にしてこだわりのオンネーム!)

鞘《さや》から刀を抜くかのような動きで、素早く箸を取り出す。左手で支えるように持った箸を、右手で慈《いつく》しむように撫《な》でる。そのまま撫でた手でそっと握った。

(米と麺。二つの司令塔をどう機能させるかが、今日の課題だ。まずは準備を整えよう)

箸を握ったまま、両手で中華麺を袋の上からほぐしてから封《ふう》を切り、四分の一くらいを肉味噌の器に落とす。

（普通に考えればジャージャー麺はジャージャー麺で。米は磯辺揚げをおかずに食す）

肉味噌に中華麺を入れたことでジャージャー麺となった器を手に取り、箸で肉味噌を中華麺の上に載せて混ぜる準備をする。

（だが、それではせっかくの肉味噌が生きない。ご飯に肉味噌も、うまいに決まっているからだ。ううん、悩ましい）

中華麺と肉味噌を混ぜ、そのまま食べるのかと思いきや、一旦甘利田はジャージャー麺となった器を置いた。

（まずは難題を一瞬忘れて、竹輪で口火を切るか）

代わりに竹輪の磯辺揚げが入った器を手に取った。期待に満ちた笑顔で、ゆっくり口に運ぶ。カリッと衣が音を立て、油を吸った竹輪から溢れる魚のすり身の旨味《うまみ》が広がる。

（ああ、うまい。この青海苔を混ぜ込んだ衣が絶品だ。磯の香《かお》りがたまらない）

続けて白米も頬張《ほおば》り、恍惚《こうこつ》とした表情で咀嚼《そしゃく》していく。

「ねぇねぇ、見てみんな」

一際楽しそうな男子生徒の声が、甘利田の耳に届く。「何なに？」と同じグループの生徒たちが騒ぐ声も聞こえてくる。甘利田が視線を向けると、声の主は磯貝だった。

「胡麻団子を入れちゃうと……」

　同じグループの生徒たちが自分に注目するのを確認すると、先割れスプーンで胡麻団子を二つとも掬《すく》い上げると、そのまま大口を開けて頰張る。まん丸の胡麻団子が、磯貝の頰を膨《ふく》らませた。

　歯を見せながら「ハムスター！」と嬉しそうに言う磯貝を、同じグループの生徒たちは笑い、別のグループの浅葉まで「それどうやんの？」と騒ぎを聞きつけてやってきた。

（出た。お調子者の磯貝。給食で周りを盛り上げることに食事以上の喜びを感じるタイプ）

　磯貝は居眠りが多く、そして起きるときのリアクションも間が抜けて見えるため、よくクラスメイトたちに笑われていた。天然の挙動で人を笑わせるタイプかと思いきや、以前裏ボタンに「恋人募集中」の七宝焼《しっぽうやき》をつけていたことを考えると、自分から笑われに行くタイプでもあるようだ。

（バカからバカへ伝染《でんせん》している！）

　そんなことを思っているうちに、気づけば「胡麻団子を頰張ってハムスター」が磯貝と同じグループの男子だけでなく、浅葉やそのグループにまで広がっていた。

（残念ながらお前のその芸は、二年後通用しない）

　二年後とは、つまり中学三年生。その頃には、精神的にも成長し、こういった見た目のおかしさを素直に笑えなくなっている——と、甘利田は考える。

（もう我慢《がまん》できん。まずは一口）

磯貝に向いてしまった意識を、ジャージャー麺に引き戻す。すでに肉味噌がしっかり絡んだ麺を箸でつまみ、頬張る。瞬間、甘利田は満面《まんめん》の笑みを浮かべた。

（これだ。中華麺が甘辛《あまから》の肉味噌を引き連れてくる。肉味噌の中には椎茸《しいたけ》、ニンジン、玉ねぎ、タケノコなどがずっしり混ぜ込まれている。学校給食だけに甘めのテンメンジャンだが、それなりにピリカラも効いている。この肉味噌は、絶品だ）

肉味噌の主役である中華甘味噌のテンメンジャンに、生姜《しょうが》やニンニク、長ネギが辛みを足し、砂糖《さとう》や玉ねぎが甘みに厚みを加える。嚙《か》めば豚《ぶた》挽《ひ》き肉《にく》の旨味も弾《はじ》け、肉味噌が一体化していく。中華麺の小麦の味とよく合う。

勢いづきそうなところで、ふと甘利田の手が止まった。ジャージャー麺の器を置き、代わりに手に取ったのは、ご飯の器だった。

（これは、もしかして……こうしてもうまいんじゃないのか）

トレイに戻したジャージャー麺の器から、肉味噌を少し箸でつまむ。白米の端に載せて、一緒に口に運ぶ。白米の甘みと肉味噌が絡み、コシのある中華麺とは違う白米の食感も、また楽しい。

（きたーっ！　うまし、うまし！）

予想通りのおいしさに、甘利田は満面の笑みで力いっぱいガッツポーズを取る。

（米かける味噌、最強。ここはチビチビ作戦だ）

方針を決めた甘利田は、再び中華麺の袋を手に取り、肉味噌の器に少量載せた。肉味噌を絡めてジャージャー麺として食べると、次にやはり少量の肉味噌を白米の上に載せて食べる。それを何度かくり返した。

（麺、米、麺、米……二つの主食を肉味噌が支配している。もはや、これは主従逆転。司令塔はむしろ肉味噌だ）

おいしい食べ方の発見にテンションが最高潮になりつつあった甘利田だったが——肉味噌の器の中身を改めて見て、愕然《がくぜん》とした。

（ちょっと待て、やばい。肉味噌が……足りない）

中華麺や白米は残り三分の二ほどなのに対し、肉味噌はもう半分なくなっている。中華麺と白米両方を肉味噌で食べるには、明らかに足りなかった。

（少し残ってないか……？）

甘利田は席を立って配膳台までやってくると、寸胴鍋を覗き込む。

（まったく、ない！）

肉味噌のかけらも残っておらず、配膳した人間の几帳面さがうかがえるほどキレイだった。

甘利田は顔を上げると、目の前にいる女子生徒——黒髪に、髪飾りをつけてツインテールにしている世《せ》戸《と》口《ぐち》望《のぞみ》を睨んだ。給食の際は机を横に向けているので、配膳台から睨む甘利田に気づく様子はなく、笑顔で同じグループの生徒と話している。

（てめぇが当番だったな！　何うまいこと配膳してんだよ。残しとけよ、少し！）

欠席者もいない状況で、キレイに配膳するのは給食当番として当然の役割のはずだが、今の甘利田にとって、自分のピンチを回避することのほうが重要なのであった。

「！」

世戸口を睨む甘利田の視界の端に、粒来の姿が見えた。

（くっ、見られている……）

甘利田は持っていたハンカチで自分の顔を隠すと、時折周りを見ながら自席に戻った。

粒来はしっかり甘利田を見ていたが、他の生徒たちは相変わらず特に気にした素振りはないのだった。

（どう考えても、このまま食い進めれば破綻《はたん》をきたす局面だ……さあ、どうする？）

トレイの上を眺《なが》めながら、しばし考える。だがすぐに、甘利田はある器を手に取った。

（また難題を棚《たな》上《あ》げして、胡麻団子に逃げる）

箸でつまみ、一口。まん丸の胡麻団子の端が消えると、断面から黄色い餡が見えた。

（あまーい。これこそ、学校給食の胡麻団子の秘《ひ》密《みつ》。中はなんと、サツマイモだ）

これが、胡麻団子を「中国発祥にして和菓子として進化した」と甘利田が考えた理由だ。

中国発祥の胡麻団子の中身は、胡麻や小豆餡であることが多い。仮に中華のお菓子としてのバリエーションの中にサツマイモ餡があったとしても、それを知らない甘利田にとっては「学校給食に現れた、和菓子としての胡麻団子」なのだった。

咀嚼するごとに胡麻の香ばしさが弾け、同時にサツマイモの甘みで満たされていく。しばし幸せな時間を過ごしたあと、一口食べた胡麻団子を器に戻してトレイに置いた。

(……さあ、どうする。少量の肉味噌で、最大限残りの食事を楽しむ方法……)

三分の二はある中華麺と白米、竹輪の磯辺揚げ、瓶牛乳、そして一口分だけ減っている胡麻団子と、まだ手を付けられていない、まん丸の胡麻団子が並ぶ。

それを見た瞬間、甘利田の身体が雷鳴《らいめい》に打たれたような衝撃を受けた。

(閃いた!)

甘利田は慌てて配膳台に走り、余ったお椀《わん》形のアルマイトの器を二つ手に取って自席に戻る。

(その方法とは……これだ!)

お椀の片方に白米を半分入れ、その間に肉味噌を少量載せる。そして残りの白米をさらに載せると、もう一つのお椀の縁を合わせるように重ねた。そのままリズミカルに重ねたお椀をシェイクする。しばらく続けたあと、片方のお椀を外した。

そこにあったのは、丸いおにぎりであった。手に取り、満足げに見つめる。

（これで、いける！　では……いざ！）

腕を締めて気合いを入れ直すと、おにぎりにかぶりついた。

（おにぎりにしただけで、具材にたどり着かぬとも、どんどん食が進む。ああ、私は、今、充実している……！）

何口か白米だけ食べるも、すぐに肉味噌が顔を出した。白米の甘みで満たされていた口内に、肉味噌のピリ辛が混ざり込んでくる。

おにぎりを食べ終えると、残っていた中華麺を肉味噌の器に豪快《ごうかい》に投入。もう肉味噌の残りを気にする必要はない。

しっかり肉味噌を中華麺に絡めて、大口を開けて食べる。たっぷりの中華麺を、音を立ててすすった。中華麺に絡めきれなかった肉味噌の残りを食べ切ると、次は磯辺揚げだ。大きく息を吸い込んで青海苔の香りを楽しみ、頬張る。サクサク衣の食感と、魚のすり身の香りが口いっぱいに広がった。

竹輪の磯辺揚げを食べ終えると、次は一口だけ食べた胡麻団子。勢いづいているためか、胡麻団子の食べかけと手つかずのもの両方を頬に押し込み、もぐもぐと咀嚼していく。頬が膨らんだその顔は、先ほどの磯貝たちと同じだった。

だが、サツマイモの甘さと胡麻の香ばしさが、贅沢《ぜいたく》に口内を満たしていくことに至福をおぼえる甘利田は、そのことに気づかない。

最後に牛乳瓶を手にし、「甘」印シールの貼られたフィルムを剝《は》がす。キャップを外すのに少し苦戦してから、温かい牛乳を一気に飲み干《ほ》した。

満足げに牛乳瓶をトレイに置き、鞘に刀を収めるがごとく、箸をしまう。

椅子《いす》の背もたれに倒れるように背を預けると、甘利田は満足感から全身が脱力した。

(今日も、仕上がった……ごちそうさまでした)

目を閉じると、内心でしみじみとそう呟いた——その直後、甘利田の耳にカンカンカンカン、とやけにリズミカルな、金属のぶつかる音が聞こえてくる。目を開け、メガネを手に取ると、音源を探した。

その正体は、粒来である。立ち上がって、何をしているのかを観察する。

(何をやっている……麺を切り刻んでるのか)

先ほどの音は、肉味噌がしっかり絡んだジャージャー麺の器と、先割れスプーンがぶつかり合う音だったようだ。しかも先割れスプーンを二本使用している。途中でおにぎりのことを思いついた甘利田とは違い、配膳の際に余分に持ってきていたらしい。

(バカめ！　麺はすするものだろう。粉々にした時点で、それは麺ではない。所詮《しょせん》、奴の給食アレンジは子供のお遊びか)

甘利田が呆《あき》れ顔《がお》で首を振る間に、粒来はジャージャー麺を刻み終えた。次に白米の器を持ち上げて甘利田に見せると、刻んだジャージャー麺に白米を投入する。

（載せたー！）

粒来の予想外の行動に、甘利田は思わずうつぶせで椅子に乗ると、壁を蹴《け》る。椅子のキャスターが床を転がり、滑《すべ》るように粒来のところまで移動した。

さすがに配膳台前の生徒たち――世戸口がいるグループ――が、甘利田のアグレッシブな動きに視線を送っているが、本人は気づかない。

「……」

そしてそのグループの中でも、青みがかった瞳と白い肌を持つ男子生徒――峰岸《みねぎし》マルコだけは、甘利田ではなく、ずっと粒来を観察していた。彼の前には、手つかずの給食のトレイがある。マルコはアメリカからの転校生で、給食が苦手《にがて》だった。

マルコと、移動してきた甘利田の視線の先では、粒来が念入りに白米と刻んだジャージャー麺を混ぜ合わせている。

（麺と米を、融合《ゆうごう》させてやがる……）

羨《うらや》ましさや悔《くや》しさから来る興奮で甘利田の顔は赤くなり、血管が浮き上がる。ものすごい目つきで粒来の手元を睨みつけているが、その圧をものともしない粒来は、白米をジャージャー麺の茶色に染め上げていく。

（なんだそれ。見たこともない飯だが……だが……）

混ぜ終わったジャージャー麺ご飯に、粒来は慈しむようにゆっくり先割れスプーンを差し入れて掬い、一口。もぐもぐと口を動かしながら、嬉しそうに目を細めた。

(絶対にうまいだろ……この野郎……!)

「……」

甘利田が羨ましさ故の恨めしそうな顔で粒来を睨み続けるのに対し、自席で粒来をじっと観察していたマルコは、驚きで目を見開いていた。同時に興味深そうな目つきなのを見るに、粒来の創意工夫《そういくふう》に今日初めて気づいたらしい。

同じように粒来に注目している甘利田がマルコの反応など気づくはずもなく、どんどん食べている粒来を睨み続けた。

(肉味噌がすべてを染め上げて、麺と米、どちらも勝者へといざなっている。一見子供じみた乱暴な所業だが、肉味噌基準で考えれば、合うもの同士を合体したに過ぎない。考え方は至ってシンプル……)

麺と白米。共に、濃い味のおかずや具材を楽しむのにうってつけの食べ物であり、味や食感、形状など違いはあっても、同じ炭水化物である。

(なんかそんな食事、将来流行りそうな気さえする)

粒来がやっていたのは、いわゆる「そばめし」に近い料理で、発祥は一九五五年頃の神《こう》戸《べ》市だと言われている。

しかし粒来が「ジャージャー麺」で作ったのに対し、本来の「そばめし」は「ソース焼きそば」で作られる。正確にはただのソース焼きそばでもないのだが——一九八〇年代にはすでに存在している「そばめし」がブームになるのは、もう少し先の話である。

（それ……私も、やってみたい……）

と、甘利田が心の底から思った瞬間——目の前の一年一組の教室は消え、代わりに別の景色《けしき》が広がった。

　壁に「豚玉」「たこ焼き」「そば焼き」「すじ焼き」といったメニューが書かれた札がかけられ、鉄板が嵌《は》められた大きなテーブルが並ぶ。

　鉄板の上で二本のヘラを巧みに動かし、焼きそばを焼いているのは甘利田である。額にはねじり鉢巻《はちま》きをして、胸に「甘」の字が入ったシャツまで着ているその姿は、お好み焼き屋の店員そのものであった。すでに妄想の一部になっている。

　店員甘利田の前には、鉄板を挟んで粒来が座っている。薄汚れたタオルを首に巻き、作業着に身を包む町工場の工員といった出で立ちだ。笑顔で焼きそばを焼く様子を眺めていた工員粒来は、立って作業をしている甘利田の顔を見上げる。

「これに、ご飯を混ぜてみてください」

「あいよ」

　粒来の明るい声に対し、甘利田は素直に応じた。いつの間にか現れたお椀を鉄板に向けて逆さにすると、白米が落ちる。その上にソースをたっぷりかけると、二本のヘラで白米と焼きそばを素早く混ぜ合わせた。途中、ヘラで鉄板を素早く叩くように動かし、焼きそばの麺を細かく刻んでいく。

焼きそばと白米が融合した、「そばめし」ができあがると、最後に青海苔、鰹節《かつおぶし》を豪快にぶちまけた。

「……へい、お待ち」

低い声で甘利田が告げると、粒来は嬉しそうに、鉄板からスプーンでそばめしを掬い上げて口に運ぶ。できたてで熱いため、ハフハフと口の中に空気を入れながら咀嚼していく。飲み込むと、粒来は笑顔で甘利田を見た。

「ご飯もそばも、主役ですね」

そう声をかけられたとき、甘利田は窓の外を見ながら煙草《タバコ》をふかしていた。現実の甘利田は煙草を嗜《たしな》まないが、これは甘利田が抱くお好み焼き屋店員の勝手なイメージなのであった。

と、妄想小劇場が進んだところで——現実の、一年一組の教室の姿が戻って来た。いつの間にか粒来の机に肘《ひじ》を載せていた（煙草をふかすポーズになっていた）甘利田は、我《われ》に返る。いつもの制服姿の粒来を見て、慌てて立ち上がった。

（全員、主役か！）

信じられないものを見るような目で粒来を見下ろしながら、今朝《けさ》のホームルームで自分が何を言ったかを思い返していた。

『この劇に主役はいない。逆に言えば、全員が主役だ』

粒来の今回のアレンジは、この甘利田の言葉を聞いて思いついたのだ。そう確信し、愕然としたまま、無心に自作「そばめし」を楽しんでいる粒来を見つめる。

（私は麺と米、二つの司令塔を別々に機能させるために、それぞれの領分を勝手に決めた。麺とご飯は、同じメニューに同居するわけがないと思い込んでいたからだ）

自分が給食を食べていたときのことを振り返ると、甘利田はバタリと床に倒れ込んだ。

（奴には、そんな常識は通用しない。自由に食べる……そういう柔軟《じゅうなん》さを、私は失ってしまったんだろうか……）

予想の先を行く食べ方を粒来に見せつけられ、逃げるように這《は》って自分のデスクに戻る。デスクの足をつかみ、どうにか立ち上がろうとした。それは、自分の中に存在すると信じたい、柔軟性に縋るかのような動きだった。

（炭水化物に炭水化物を掛け合わせたとき、そこに生まれるのは……新たな炭水化物の可能性だった……）

しかし手を滑らせると、また床にうつぶせに倒れる。

以前の甘利田を思えば、おにぎりにするというのも、かなり柔軟性のある行為なのだが——粒来に見せつけられた「そばめし」の存在によって、自身の行為を「柔軟性がある」とは認められなかった。隣の芝生は、青く見えるのだ。

（負けた……また、負けた……）

いつまで経《た》っても慣れない敗北感を身に宿《やど》し、甘利田はしばらく床に倒れ込んだまま動かなかった。

「……」

粒来の給食アレンジの一部始終を見守っていたマルコの視線は、やはり手つかずのままの給食のトレイに戻っていた。

給食の時間が終わり、掃除の時間が始まった。一年一組の教室は、普段授業を受けるときの机の配置に戻っており、給食のトレイを前にしたマルコが一人で座っている。他の生徒たちは廊下など各々掃除に出ていて、居残り給食を見守る比留川が教室の中をゆっくり歩いていた。

ジャージャー麺の「味噌」。「魚のすり身」を使った竹輪の磯辺揚げ。「胡麻」がまぶされ、「サツマイモ餡」が詰まった胡麻団子。どれも、日本に来るまでマルコは見たことがなく、苦手意識のあるものばかりだった。

しかも、「一人だけ居残りさせられている」という状況もあって、マルコの心はささくれ立っていた。

どうして、ここまでして食べないといけないのか――そういった気持ちが、マルコの中で膨らむ。しかし、決して表に出すことはできなかった。

「――峰岸くん、今日も食欲ない？」

見守っていた比留川が、マルコの近くで足を止めると声をかけてきた。マルコは一瞬比留川を見るが、すぐ俯《うつむ》いてしまう。比留川はマルコの隣の席の椅子を引き出して座った。

「こっちに来て、まだ半年だもんね。給食、慣れないか」

比留川がそう付け加えると、マルコは突然先割れスプーンを手に取り、カンカンカンと音を立ててジャージャー麺を刻み始めた。給食の時間では手をつけていなかったが、いつの間にか中華麺を肉味噌に入れていたらしい。しかも先割れスプーンも両手に持っている。片づけられる前に調達したのだ。

粒来が「そばめし」を作っていたときの動きを、再現するために。

比留川は驚きと戸惑いで目を見開くと、さらに声をかけた。

「無理して食べなくていいよ」

「わかってます」

麺を刻む手を止めることなくマルコは答える。比留川が「え？」と反応すると、マルコは続ける。

「前に無理して食べて、吐《は》いたから」

平然と言うマルコに、比留川は複雑そうな表情で「そうなんだ」とだけ返した。それ以上、言えることはなかったのだろう。

――粒来はなぜ、あんなに楽しそうに給食を食べられるのだろう。自分のように好き嫌いがないから、だけではない気がする。

もどかしい気持ちのまま、マルコは麺を刻み続ける。

出された食事は、食べたほうがいいに決まっている。マルコもそのことはわかっていた。給食をちゃんと食べることができる方法があるとするなら、試してみたい。そうすれば、もしかしたら――

すると、急にマルコが手を止め、比留川に顔を向けた。

「この居残りルールって、いつまでなんですか」

「三学期の終わりまで、って聞いてるけど」

マルコからの問いに比留川が答えると、再び前を向く。居残りルールの期限を知って、少し萎《な》えた。思ったより長い。

そんなマルコに気づいているのかいないのか、今度は比留川がたずねる。

「……給食、嫌いなの？」

「給食は、敵です」

「敵……」

「給食の時間は、闘《たたか》いです」

さらに「闘い……」とマルコの言葉を復唱する比留川は、その意味を測りかねているようであった。

無理に食べても吐いてしまう。だが、「無理に食べる」という状態ではなくなる方法があるなら――この「給食」との闘いに打ち勝てるかもしれない。

だからマルコは、楽しそうに給食をアレンジする粒来を観察し、その真似をした。

しかし、真似をするだけでは――まだ、克服できそうになかった。

マルコは、天井近くの壁に掛けられた時計を見上げた。

「……五分経ったので、もういいですか」

言うと同時に、マルコは立ち上がった。比留川は「あ……」と声を上げてから何事か言おうとしたが、結局続く言葉はなかった。

トレイを持って廊下へ出たマルコは、扉の近くで箒《ほうき》を持って立つ世戸口の前を横切る。その間視線を向けてくるのを見るに、教室での比留川とのやり取りを見ていたのかもしれない。世戸口は、やけにマルコと比留川を気にしていた。

「……」

世戸口の向こうには、真面目に掃除をしている粒来の姿がある。マルコの視線に気づいたのか、粒来は顔を上げた。しばしの間のあと、マルコは粒来に背を向けて廊下を進む。居残り給食という理不尽な時間。それとは関係なく、給食を残してしまうことへの罪悪感。給食を克服するために、他人の真似をする自分。そこまでしても、未《いま》だ給食を克服できずにいる事実——色んな気持ちが混じり合い、マルコの足を急がせるのだった。

掃除の時間も終わった職員室。甘利田は献立表を抱いた左腕を枕《まくら》にして、自席で突《つ》っ伏《ぷ》していた。給食での敗北感を、まだ引きずっているようだ。

「甘利田先生、これ先生宛のハガキ、学校のほうに届いてましたから……」

坂爪が声をかけつつ歩み寄って来るが、甘利田からの反応はない。それを見た坂爪は、持っていたハガキをデスクの端に置き、立ち去った。

反応を見せなかったものの、うっすら聞こえた坂爪の声で甘利田は我に返っていた。だが起き上がる気力はないらしく、突っ伏したままだ。

突っ伏した状態の甘利田の視界では——右腕を枕にしてデスクに突っ伏している、比留川の姿があった。ちょうど甘利田の体勢の鏡映しになっている。違うのは、甘利田と違い、比留川は献立表を抱いていないことだ。

「……どうしました」

「自信……なくしました」

「わかりやすく落ち込み過ぎです」

比留川からの回答を聞いた甘利田はゆっくり身体を起こすと、改めて献立表に視線を落とした。比留川は不貞腐《ふてくさ》れたように言う。

「先生に言われたくありません」

「峰岸ですか」

甘利田が返すと、図星だったようで、反論することなく比留川も身体を起こした。

「……反抗期《はんこうき》なんですかね。私が話し始めたら、急に麺を切り刻み始めて」

その言葉に甘利田はピクリと反応すると、「切り刻んだ？」と復唱すると同時に視線を比留川に向ける。

「こう、カンカンカンって。びっくりしました」

比留川は拳を握って、両手を上下に動かす。先ほどマルコが、先割れスプーンを二本握っていたときの再現だ。

「それは……峰岸なりに、足掻《あが》いているということですね」

「どうして、そうなるんですか？」

甘利田は、すぐには答えなかった。献立表と、甘利田にとってはいつの間にかデスクの上に置かれていたハガキを手に取り、ろくに見もせずに引き出しにしまう。代わりに取り出したのは、「ホワイトマン」の台本だった。何度も読み返したことがうかがえる、くたびれた台本だ。

「人が変わろうとするときは、きっかけが必要だということです」

甘利田は、自分と違って給食が嫌いなマルコと、かつての自分を重ねていた。

自分の考える食べ方以外を認められず、創意工夫でおいしそうに食べることを受け入れられなかった、以前の自分。

今日も粒来に対して負けたと感じていた甘利田だが、それでも、よりおいしく給食を食べるための行動を起こすようになっていた。

自分が認められなかったものに手を伸ばすことで、以前とは違う景色を見ることができた。そのきっかけが、甘利田にとってはかつてのライバル・神野《かみの》ゴウであり、粒来ケンだ。

マルコは、そのきっかけをつかみつつある——のかもしれない。

「……」

多くを語らず、また甘利田自身も明確に認識しているわけでもない理屈《りくつ》を、ただ聞いているだけの比留川に、理解できるはずもない。

そのまま甘利田は台本読みに集中し始めていたので、この話は一旦区切りをつけることとなった。

放課後、部活動の時間も終了したあと。一年一組の生徒たちは、再び教室に集まっていた。現代では夜遅くまで中学生を拘束《こうそく》するようなことはあり得ないが、こういった無理が通じてしまう時代なのであった。

教室の明かりが少しでも漏れないよう、カーテンが閉められている。机と椅子は教室後方に寄せられ、その一つが証言台《しょうげんだい》の代わりとして教室中央に置いてある。

生徒たちは皆ジャージ姿で、役名が書かれた段ボールの札を首からかけていた。証言台に立っているのは、「傍聴人《ぼうちょうにん》A」と書かれた札をかけた浅葉だ。その横には、「検察官」と書かれた札をかけた磯貝が立っている。

比留川は寄せられた机の前の椅子に座ってストップウォッチを握り、時間管理を担《にな》う。その隣にいる甘利田は、台本とメガホンを載せた机を前にして座り、生徒たちの様子を見ていた。

「よーい……」

甘利田は言うと、メガホンで机を叩く。これが、セリフを始める合図となっていた。

「世の中には二種類の人間がいる。カレーにソースをかける人と、醤油《しょうゆ》をかける人だ。それ以外はあり得ない。なのにあろうことか被告は、どちらもかけないと言った。これは人類反逆罪の確たる証拠《しょうこ》です」

検察官役の磯貝が、「刑務官A」「刑務官B」の札のかかった生徒の前に立つ、ホワイトマン役の粒来を指さしながら堂々とセリフを言う。

「おれ……そんなつもりじゃ……うう……」

それに対し、傍聴人役の浅葉は、腕で目を拭《ぬぐ》う仕草をする。泣いている演技だ。

「弁護人は、何か質問がありますか」

教卓から、「裁判長」の札を下げた国生が呼びかけた。クラス委員として普段から言い慣れた言葉に近いからか、自然である。

呼びかけに応えるように、椅子に座っていた「弁護士」の札を下げた丸本が立ち上がる。

「なぜ……泣くのですか」

少しわざとらしいくらい、ゆっくり浅葉に声をかけた。

「だって、俺のせいであいつに不利になったみたいだから」

言いながら、浅葉はジャージのポケットから白いものを取り出した。上部が丸い頭になっていて、そこから細い手足が生えた人形だ。

「それは、被告が友達にあげている人形ですね」

丸本が言うと、浅葉は、笑っている粒来を見る。

白い人形――「ホワイトマンから渡された人形」なので、「ホワイトマン人形」――に視線を落とした浅葉に対し、丸本は続けた。

「被告と友達になって、よかったですか」

「あいつは、俺の友達です！」

浅葉が泣く演技を続けながら人形を粒来に向けて掲げた瞬間、甘利田は台本を床に叩きつけた。

「そうじゃなーい！」

甘利田が叫んだ瞬間、教室が静まり返った。

「……浅葉、今どんな気持ちで泣いた？」

低い声で言いながら、甘利田は叩きつけた台本を拾い上げる。浅葉は「どんなって……」と口ごもり、言葉が続かない。

「この物語で、最も重要な場面だ。自覚はあるか」

「あ、そうなんすか」

自分の言葉を強調するように拾った台本を掲げる甘利田に対し、浅葉の声は気が抜けていた。

「いいか。被告のホワイトマンは、自分の世界を生きている。だが周りは放っておいてくれない。お前はそんな彼にとって、唯一の理解者だ。そんなすっとぼけた泣き方で、被告の心が救われると思うか？」

甘利田の真面目なダメ出しに対し、暗い顔をする浅葉。中学一年生の少年に、甘利田の言葉を瞬時に理解し、最適解を出させるのは酷《こく》というものだ。

「意味がわかりませーん」

答えない浅葉を代弁するように声を上げたのは世戸口だった。茶化す意図はなく、純《じゅん》粋《すい》に疑問《ぎもん》に思ったような口ぶりだ。以前、世戸口の「ある行動」を諫《いさ》め、理解しようとしていた甘利田なので、理不尽なことを言っているわけではない、と思っているのかもしれない。

「先生がお手本を見せればいいんじゃないの？」

さらに乗っかるように、世戸口の隣に座っていた溝渕が続ける。すると、他の生徒たちも「そうだよ」と「先生お願いします」と声を上げ、騒ぎ始めた。思わぬ騒ぎに、浅葉も戸惑うように周りを見回す。

「……いいだろう」

甘利田の返事に、生徒たちから「おー」と歓声《かんせい》が上がる。甘利田が証言台まで歩み寄って手を出すと、浅葉は持っていたホワイトマン人形を差し出した。

甘利田が位置につき、場所を譲った浅葉は粒来たちの隣、「ナレーター」と札のかかったマルコの横に立った。

教室全体が甘利田に注目する中、甘利田はその場で磯貝に向けて手で合図を出した。

「世の中には二種類の人間がいる。カレーにソースをかける人と、醤油をかける人だ。それ以外はあり得ない。なのにあろうことか被告は、どちらもかけないと言った。これは人類反逆罪の確たる証拠です」

先ほどと同じく、検察官磯貝は堂々とセリフを言う。担任と一緒に演技をしていても緊張している様子はない。

「おれ……そんな、つもりじゃ……うっ……うう……」

甘利田演じる傍聴人は身も声も震わせると、「ホワイトマン人形」を両手で強く握り、見つめる。歯を食いしばった口は大きく歪《ゆが》み、細めた目は目頭の熱さを示しているようだ。涙を拭うようなあからさまな動作はないのに、「泣いている姿」として目に焼きつくような、苛烈《かれつ》な演技だった。

最初は、ダメ出しするところを見て「そこまで言うならやって見せてほしい」程度にしか思っていなかっただろう生徒たちの空気が、明らかに変わった。皆、息を呑《の》んで甘利田演じる「傍聴人A」を見つめる。

「べ、弁護人は、何か質問がありますか」

動揺《どうよう》のあまり、言い慣れているセリフをちょっと噛んでしまう国生。そのセリフが終わる前に、弁護士丸本は甘利田の横に立っていた。

「なぜ、泣くのですか」

先ほどは、わざとらしさを感じるセリフだった丸本。全身で嘆《なげ》き、後悔する甘利田の演技に感化されたのか、今の丸本は相手に寄りそうように、ゆっくりと語りかける、自然な演技になっていた。

甘利田は膝《ひざ》を落として座り込み、嘆く声を絶え間なく漏らし続ける。すぐには答えない――答えられない姿は、心から泣いている人間として真に迫っていた。

「……」

粒来やその隣に立つマルコは目を丸くして甘利田を見ていた。本来の「傍聴人A」である浅葉は、驚き以上に真剣に甘利田の演技に見入っている。

「だって……うう……俺のせいで……うっ……あいつに、不利になったみたいだから」

相変わらず、甘利田の目から涙は出ていない。だが、歪んだ真っ赤な顔と詰まらせた声は、嗚咽《おえつ》を漏らしているようにしか思えない。

「……」

真正面からその演技を目の当たりにしている比留川も、鬼気迫《ききせま》る演技に圧倒されていた。

「被告と友達になって、よかったですか」

丸本もいつの間にか甘利田の隣に座り、その肩を支えていた。その声音は、「傍聴人A」の本音を引き出そうとする、真摯《しんし》さに満ちている。

「あいつは……俺の友達です！」

人形を強く、それでいて大事に抱えた甘利田は、力強く言いながら「ホワイトマン」である粒来を見上げていた。

目を丸くしていた粒来は、まっすぐ自分にそう言う甘利田の姿に、口の両端を大きく上げて笑った。いつもニコニコしている粒来は、いつも以上に嬉しそうに見えた。

「おお……すげえ……」

浅葉が呟き、横にいるマルコと顔を見合わせた。マルコも浅葉と同じように、「すごいものを見た」とばかりに笑顔になっている。最初は「中学生にもなって演劇なんて」と意見していたマルコだったが、すでにそんな気持ちは消失していることだろう。

自然と、二人は拍手《はくしゅ》を送っていた。そこから他の生徒たちにも広がり、教室全体が拍手に包まれる。

ただ圧倒されていた比留川も、最後にはあたたかい笑顔で手を叩いていた。

――甘利田に、演技の経験はない。しかし常日頃、給食に関する妄想は欠かさなかった。妄想力で演技ができるとは限らないが、「初めて熱中した特別な台本」という思い入れの力が、妄想を具現化する演技力を甘利田に与えたのかもしれない。

その結果、自分が言った「本気でやらなかったら、ただの遊びで終わる」――つまり、「本気でやれば、ただのお遊びにはならない」ということを体現して見せたのだった。

学芸会の夜練を終えた甘利田は、駄菓子屋《だがしや》へ急いだ。瓦屋根《かわらやね》の下、トタンの壁には「服部《はっとり》商店」と書かれた看板がかけられているのだが、夜の闇《やみ》に紛れて読み取れない。

明かりのついた店内から、部活後に寄り道して遅くなったらしい中学生たちが出てくる。彼らは闇に消えるが、店の前ではニット帽に銀縁《ぎんぶち》メガネをかけた六〇代の女性・サキの姿が闇夜の中で照らされていた。

無表情で片足を地面に擦《す》るように前に出し、その動きに合わせて片手も前に出す。ピタリと動きを合わせると、また足を下げ、腕も後ろに下げる。

（こんな夜まで太極拳《たいきょくけん》。あの老婆《ろうば》は、あれをやっていないと死ぬのか）

などと思いつつ、甘利田は店に近づいた。太極拳の動きを読み、ぶつからないように店内へ滑り込む。

中には様々な駄菓子や玩具が棚に置かれているが、その一角にあるカップ麺のコーナーで甘利田は足を止めた。

（今日の夕餉《ゆうげ》は、これに決めていた。新発売のカップ麺、スーパーカップ一・五）

用意しておいた小銭をカウンターに置き、外に向けて「お湯もらいます」と声をかける。カップ麺のフタを一部分剝がし、付属のスープをすべて入れると、カウンターに置かれたポットのお湯を注ぐ。スープは先入れ粉末スープと後入れ液体スープがあるのだが、外で三分待ってから、手袋を外して液体スープを入れる手間を惜しんだらしい。

（通常の一・五倍の量を実現した、でかいボディが食欲をそそる）

フタを閉じ、同じくカウンターに置かれている割り箸を手に、外へ引き返した。その間もサキは太極拳を続けているので、動きを読んで衝突を避けるのも忘れない。外は暗く、先ほどまでは降っていなかった雪もちらついている。積もるほどではないからか、甘利田は外のベンチで食事を強行することにした。

ベンチに座ってから約三分。フタを完全に剝がすと、もわっとあたたかい湯気《ゆげ》が立ち上る。チャーシューとメンマが載ったラーメンとご対面だ。

（あ……あ、あえて、寒さに耐《た》えながら食べるという、北国ラーメンの醍醐味《だいごみ》。うまさも一・五倍だ）

コートに手袋と完全防備状態でも、寒さに弱い甘利田は震えながら一旦カップ麺をテーブルに置いた。懐《ふところ》から、アルミホイルに包まれたあるものを取り出す。

（そして今日はここに……白飯投入！）

アルミホイルから顔を覗かせたのは、握られた白米だった。湯気の立つカップ麺に落とされた白米は、早くもスープの茶色に染まる。カップ麺に視線を落としながら、甘利田は口に割り箸をくわえ、寒いが故に外すことのできない手袋をした手で引っ張って割る。

（今日のリベンジを果たすべく、配膳室から余った米をこっそりもらってきた。これこそ、真の炭水化物祭りだ！）

強い熱意を持って白米をスープの中で崩《くず》し、麺と混ぜ合わせる。熱意はあっても、手袋で器用に箸を持つ手は、寒さで小刻《こきざ》みに震えていた。

しかし一度ラーメンをすすると、そのあたたかさに思わず頬が緩《ゆる》む。ズルズルと派手な音を立て、頬いっぱいに麺をため込み、もぐもぐ口を動かす。醤油の濃い味や、熱湯《ねっとう》で溶けだしたチャーシューの脂が、麺の小麦粉の甘みと絡んで至福をもたらした。

だが次の瞬間、甘利田の足元でパァンッ！と何かが炸裂《さくれつ》するような音が響いた。甘利田は思わず「おわっ」と声を上げ、その拍子にラーメンのスープを少しこぼしてしまった。

（あっつ！）

手袋をしているので実は熱くないが、反射的にそう思ってしまう。ラーメンをテーブルに置いて立ち上がると、甘利田の足元には矢の羽のような形をしたプラスチックが落ちていた。

（ロケット弾！）

鉄製の先端に火薬《かやく》を挟んで投げ、地面にぶつけると音が鳴る玩具だ。

甘利田が動揺して立ち上がり、辺りを見回すと――店の前で、振りかぶって投げる動きをしたサキの姿があった。驚く甘利田を見て、楽しそうに笑っている。

再びロケット弾が飛んでくると、地面に落ちると同時にパァンッ！と炸裂音が響く。サキの仕業《しわざ》だとわかると、甘利田は動向をうかがうように時々振り返りながらベンチに座り直した。カップ麺を取り、かっ込む。

（こんな、理不尽なミサイル攻撃には屈しない。構ってやるものか）

サキがロケット弾を投げ続ける中、甘利田は固い意思でカップ麺を食べ続ける。麺がなくなる頃には、白米がいい感じに濃い味のスープを吸い込み、雑炊《ぞうすい》のようになっていた。

ぬるくなり始めたスープを飲みながら、スープ色に染まった白米を食べる。白米の甘さと醤油ベースのスープが、心も身体もあたためてくれるのだった。

メニュー二

禁断の酒席で求めたもの

ロケット弾の襲撃《しゅうげき》を受けながら夕餉を取った、翌日。甘利田は、コートに手袋という完全防備の状態で学校へ向かっていた。

（北国の朝は……寒い）

特に、毎朝通る港は当然ながら海が近く、風も強いことが多い。海風に煽《あお》られ、その冷たさにブルブル震えながら、甘利田は港の傍《そば》にある倉庫街を進む。

年中海風が吹きつける倉庫街のコンクリートの壁には亀裂《きれつ》が走り、金属製の扉には錆《さび》が浮いていた。

寒さに耐えながら甘利田がゆっくり進む横を、パタパタと足音が通り過ぎていく。中年や老年の男女で、その手にはチラシが握られている。中には、甘利田も一度見ている黄色のジャンパーを着た人々の姿もあり、チラシの束を抱えていた。

甘利田を追い抜いて行った人々は、一際大きな倉庫の前に集まる。そこには「とどろき宗太」と書かれた幟《のぼり》が立ち、バストアップの写真のポスターが壁に貼られている。上部には大きく「函館の星！　とどろけ！　等々力！　とどろき宗太演説会」の横断幕が飾られていた。

「では、お待たせいたしました。等々力町長です」

マイクを通した秘書らしき女性の声の直後、集まった人々は歓声を上げながら拍手した。準備されていた壇上に、一人の男性が上がった。スーツの上に黒のコートを羽織り、山吹《やまぶき》色の長いマフラーを首から垂らした男性――等々力宗太だ。

「皆さん、おはようございます」

等々力が快活な声で言うと、「おはようございます！」と人々からの挨拶が返ってくる。

等々力の丁寧な一礼に、人々も礼をして応える。

集まった人々の後方には、先日忍川中学校の職員室にやってきた白根澤の姿もあった。同じ黄色のジャンパー姿で拍手を送っている。

そんな大盛り上がりの中、甘利田は相変わらずブルブル震えながら集まりを横切ろうとしていた。その視線が集団に向くことは一切なく、ひたすら寒さに耐えて学校に向かおうとしている。

等々力が話し始めると、聞く態勢に入った人々は静かになった。それでも甘利田の歩みは止まらないのだが――その気配が、白根澤に察知されることになる。

「甘利田先生じゃなーい！」

振り返った白根澤は、上機嫌で甘利田のところまで歩み寄ると、ガシッと腕をつかむ。

「見てよ、朝からこの人気！　この辺りはさ、等々力先生の地盤だからさ。ちょっと聞いていってよ」

甘利田のブルブル震える様子などお構いなしに腕を組むと、引きずるように等々力の声が聞こえやすい位置まで連れて行く白根澤。甘利田は寒すぎて抵抗もできず、されるがままだった。

「――いつの間にか、日本は世界有数の残飯大国になってしまいました。大量の食べ物を捨てている。世界には、食べたくても食べられない難民がたくさんいるのに、本当に申し訳ない」

言葉を体現するように、民衆に向けて頭を下げて見せた等々力は、さらに続ける。

「日本人の美徳、もったいない精神で、食べ残しをなくしていこうじゃありませんか！」

拳を振り上げ、力強い声で言い放つと、再び人々から拍手が上がった。皆笑顔で、等々力という男への期待感がうかがえる。

「まずは、子供たちです。今の学校給食は問題ありだ。ワイワイガヤガヤ食べている。まるで遊びの時間です。机をくっつけて、グループで食べる必要なんてないんです。食に感謝して、一人一人黙っていただく。たとえおいしくなくても、健康第一に考えられた献立を、残さずいただく。私はこれを、公約の一つにしたいと思っています」

等々力が毅然《きぜん》とした態度で言うと、またも大きな拍手が起こった。そこに、「はんたーい」という声とカシャンッカシャンッという音が紛れ込む。それに気づいた近くの人たちから順に拍手が止《や》み、音の主に注目が集まる。

そこには、ホッピングに乗って跳ねている粒来の姿があった。

甘利田も遅れて粒来の存在に気づくと、寒さを忘れ、震えが止まった。白根澤は「なんだ小僧」と、忌々《いまいま》しそうに吐き捨てると、甘利田を置いて粒来に歩み寄る。

「おやおや。可愛らしい抵抗勢力が出てきましたよ」

等々力もそう声をかけるが、粒来は険しい表情の白根澤が近くにやってきても怯むこともなく、ホッピングから降りた。

「おいしくない給食だと、みんなもっと残すと思います」

「……」

まっすぐ等々力を見て言う粒来に、等々力は少しだけ戸惑いの表情を浮かべた。反論する気配はなく、何に対する戸惑いかわからないように見える。聞いていた人々からの反応もなく、その場がシーンと静まり返った。

「演説の邪魔《じゃま》すんじゃないよ小僧！　来い！」

もう我慢ならないとでも言うように、白根澤は粒来の腕をつかむ。そのまま連れ出そうとする白根澤だったが——そこに甘利田が割って入り、白根澤の手首をつかんだ。今の甘利田に、先ほどまで寒さに震えて無抵抗だった面影はない。

白根澤が「いててて」と痛がりながら粒来の手を放すと、今度は甘利田が粒来の手首をつかむ。「失礼」と告げ、その場を離れようとした。

「――もう少し、意見が聞きたいな」

すると二人の背中に、等々力が明るく声をかけた。粒来が足を止めると、甘利田も仕方なく振り返る。

「君は、お残しして恵《めぐ》まれない人たちに、申し訳なく思わないのかい？」

等々力が引き続き優しく語りかける。「あの、僕は」と粒来が答えようとしたところで、甘利田は手袋で覆われた手で粒来の口を塞いだ。モゴモゴしている声が消えると粒来の腋の下に手を入れて肩に担《かつ》ぎ、そのまま立ち去ろうとする。ちなみにホッピングは、しっかり粒来が握っていた。

「あの、失礼ですが……あなたは？」

「この子の担任です」

一度背を向けた甘利田は、振り返って等々力の問いに答える。

「先生は、今の話……どう思いますか？」

等々力はさらにたずねる。手を差し出す大げさな動きが、甘利田をこのまま逃がすまいとするパフォーマンスのように見えた。

甘利田は逃げるどころか、粒来を抱えたまま等々力が立つ壇まで歩み寄っていく。身長差以上に段差があるため、甘利田は頭二つ分高い位置にある等々力を、下から見据えた。

「残食は、決して褒められることではない」

いつもの厳格な雰囲気で甘利田は言い切る。それに対し、等々力は満足そうに微笑んで頷いた。

「ただ……子供たちが無理して食べても、難民は何も救われない」

甘利田がそう続けると、等々力の顔から笑みが消えた。だがそこに、憤《いきどお》りのようなものはない。迷いのなかった意思に異物が入り込み、戸惑うような顔つきだった。

甘利田は「失礼」と等々力に会釈《えしゃく》すると、今度こそその場から離れた。抱えられたままの粒来の「さんせーい」とくり返す言葉が、静かな演説会場に響き渡る。

粒来を抱えて立ち去る甘利田の背中を、等々力は複雑な表情で見送るのだった。

甘利田は学校へ向かう途中で粒来を下ろして別れた。その後、何事もなかったようにホームルームに参加し（進行はいつも副担任である比留川に任せている）、一時間目の授業を終えて職員室に戻った。

「……」

隣の席では、比留川が「ホワイトマン」の台本を熟読していた。特に声をかけることもなく甘利田が自席に腰を下ろすと、比留川は勢いよく顔を上げる。立ち上がると、座った甘利田のすぐ隣に歩み寄ってきた。

「甘利田先生……一つ、聞いてもいいですか？」

「なんでしょう」

授業で回収してきたプリントを確認しながら応える甘利田に、比留川は続ける。

「この、ホワイトマンって……モデルがいたりしますか？」

鋭い指摘である。牧野辺りなら、満面の得意顔で本人の知る「ホワイトマン」の説明をするに違いない。しかし甘利田は、比留川に説明するつもりはなかった。その意思表示として、決して動揺を見せずに、持ち帰ったプリントから視線を外さない。

「……ひょっとして、好きだった人とか」

比留川は持っている台本で口元を隠しながら、楽しそうに告げる。からかわれていると気づいた甘利田は、ちらりと比留川を見ると「何をバカな」と吐き捨てた。そんな甘利田の態度も気にせず、比留川はさらに続けた。

「じゃあ……甘利田先生自身だったりして」

「どうしてそう思うんです？」

プリントの確認が終わり、数学の教科書を取り出して視線を向けながら、今度は甘利田が問いを向ける。話を聞いてくれる気があることを感じたからか、比留川は改めて「ホワイトマン」の台本を眺める。

「ホワイトマンって、敵に囲《かこ》まれてるのに自分を曲げないじゃないですか」

そこまで言って授業準備を進める甘利田に向き直ると、比留川は満面の笑みを浮かべた。

「先生そっくりです」

「私は敵だらけですか」

「あ……敵だと思ってないんですね。そうか……羨ましいです」

手を動かしながら淡々《たんたん》と返す甘利田に、比留川の表情が苦笑に変わる。

甘利田が比留川の教育係になった当初は、何かにつけてオドオドし、泣きそうになり、意思の弱さから甘利田の真似をしようとしていた。だが、今では自分の意思をしっかり持ち、それを伝えられるようになっている。

その変化を思うと、甘利田としては比留川の今の言葉は少し意外なものだった。

「先生には、敵がいるんですか」

故に、甘利田は思わず問いかけていた。

「はい。生まれてこの方ずっと」

それに対し、ハッキリした声で返す比留川。以前より意思表示ができるようになったといっても、悩み自体がなくなるわけではないのだろう。

「甘利田先生、ちょっといいですか」

そんなとき、校長室から出てきた坂爪が声をかけてきた。唐突《とうとつ》な呼びかけに、甘利田は歩み寄ってくる坂爪に対し「はい？」と振り返る。

「あ、比留川先生も。校長室」

自分まで呼ばれると思わなかった比留川も、「あ、はい」と答えると、甘利田と共に校長室へ向かった。

「失礼します」

甘利田が校長室に入り、先にいた坂爪に会釈する。応接セットの椅子に座る白根澤が、ちょうどお茶を飲んでいるところだった。見覚えのある黄色のジャンパー姿である。隣には、いつものジャージ姿の木戸も座っていた。

甘利田、そして比留川が入ってくるのを見て、白根澤は「おうおう」と出迎えるように手招きする。

「白根澤さんから、ちょっとご相談が」

「ま、座って。比留川先生も」

坂爪と白根澤に言われ、甘利田はもう一度「失礼します」と会釈して応接セットの向かいへ進む。あとから入って来た比留川も、扉を閉めると「はい」と一礼して甘利田に続く。

二人が座るのを待たずに、白根澤は話し始めた。

「いやね、今朝の件。等々力先生が気にしちゃっててね。甘利田先生と一度じっくり話したいって言うのよ。今晩、一席設けるって。他の人も、ついでに」

言いながら応接セットのテーブル横に立つ坂爪と、自分の隣に座る木戸に顔を向ける。

木戸は、膝に手を突いて「ぜひ、よろしくお願いします」と頭を下げる。

「あ、でも、私は遠慮したほうが……」

急に連れてこられた比留川には、白根澤の言う「今朝の件」が何のことかわかるはずもない。この状況がそもそも意味不明なので、参加を渋《しぶ》るのも無理のない話である。

「町長と飲める機会なんて、滅多にないよ」

比留川に対し、白根澤はニヤリと笑う。比留川が答える前に、その隣にいる甘利田が勢いよく挙手《きょしゅ》した。

「私は辞退します」

「あんたが来なくてどうすんのよ。あんたがメインなんだから」

強調するように甘利田を指さす白根澤に対し、甘利田は挙手したまま続ける。

「ご馳走《ちそう》されるいわれもないですし、それに……私にとって酒席は禁門ですので」

大真面目に言う甘利田に対し、白根澤は「キンモン？」と怪訝《けげん》そうに首を傾《かし》げた。甘利田としては「禁じていること」くらいのつもりで使っているが、本来「禁門」という言葉にそういう意味はない。白根澤の反応は至極当然であった。

「まあまあ、甘利田先生」

そこに、坂爪が割って入る。どうにか甘利田を連れて行きたいのか、少し考える素振りを見せてから続けた。

「あ、白根澤さん、お店はどちらでしたっけ」

「忍川亭。あそこにはうちの会社が直接魚を卸《おろ》してるからね、うまいよ～」

自分の仕事に自信がある白根澤は、自慢《じまん》げに笑う。合わせるように、坂爪も手をすり合わせながら続ける。

「忍川亭のイカメシは、絶品ですからね」

――イカメシ。その単語を聞いた瞬間、甘利田は勢いよく立ち上がった。隣に座る比留川の肩が、ビクリと跳ねる。

（イカメシぃー！）

心の中で、甘利田は絶叫する。その声が聞こえているわけでもないのに、白根澤も木戸も、口をあんぐりと開けて甘利田を見上げていた。甘利田の視線を一身に受ける坂爪は、戸惑いながら続ける。

「どうですか、甘利田先生。私もご一緒しますから……ぜひ」

両手で白根澤を示しながら、了承を求める坂爪。甘利田はワナワナ震えながら、視線を白根澤に落とした。

それ以上、甘利田は言葉を発しなかったが――忍川亭への同行に、同意したことになったのだった。

この日の給食は、豚肉と野菜の炒《いた》め煮《に》、玉子サラダ、コッペパンと、イチゴジャムだった。もちろん甘利田は給食そのものが至福の時間なので、おいしく楽しくいただいた――が、あることが気になり過ぎて、普通に食べ切ってしまった。粒来が今日の給食でどんな工夫をしていたのかも、この日の甘利田は気づくことはなかった。

午後は、学芸会に向けた練習や作業に当てる時間となっている。一年一組の教室では現在、小道具や大道具、衣装の製作が行われていた。

床の広いスペースでは、主にジャージ姿の男子が段ボールや色紙を切ったり、油性ペンなどで色を塗ったり、文字を書き込んだりしている。中央には、舞台装置のデザインが書かれたスケッチブックが置かれており、浅葉や磯貝たちはそれを見ながら手を動かしていた。

黒板の前には、制服姿のまま衣装を縫《ぬ》っている女子生徒たちの姿がある。以前、雑巾《ぞうきん》を縫うことにチャレンジしていた溝渕が、「できてる？」と近くの女子に確認していた。「できてる！」とお墨付きをもらい、溝渕は喜ぶ。

窓際では、粒来が「ホワイトマン」の衣装を着ていた。顔だけ出した、白い全身タイツである。その胸の部分に、赤く大きな「Ｗ」の文字に切った布を当てているのは、世戸口だった。

「これ、どう？」

世戸口が声をかけたのは、少し離れたところにいる丸本だ。その手には、「ホワイトマン人形」が握られていて、粒来扮するホワイトマンと見比べていた。

練習ではただの白いのっぺりした人形だった「ホワイマン人形」だが、フェルトで作った顔や髪、胴体には今の粒来と同じ赤い「W」の文字がついている。

「うん、いいんじゃない？」

そう答える丸本の後ろには、水色のシャツにオレンジ色のベスト、緑の蝶《ちょう》ネクタイ、サスペンダーでズボンを吊っているマルコが立っていた。ナレーター役の衣装を着ているようだ。隣には、笑顔の比留川が立つ。

「粒来くん、ポーズポーズ」

丸本の呼びかけに応えると、粒来は腰に手を当ててビシッと胸を張った。劇中にポーズを取るシーンなどないのだが、ノリだろう。

「粒来くん、似合ってるよ」

「おー、いいねいいね」

世戸口の言葉に、「ホワイトマン人形」を同じポーズにしながら丸本も続ける。比留川も微笑んで拍手を送る中、隣のマルコは両手の親指を立てて「Very good!! Ken!」と楽しそうに笑った。

粒来の衣装である全身タイツ姿は、かなり間の抜けた姿に見える。しかし「学芸会」という特別なイベントを前に、一丸となって舞台を作り上げていく過程は、子供たちから冷めた思考を奪う。「中学生にもなって劇なんて」と言っていたマルコも、すっかり演者の一人となっていた。

学芸会準備が、良い雰囲気で進む中――甘利田は一人、自席で腕組みをしていた。デスクにはボロボロになった台本とメガホンが置かれているが、視線は窓を向いている。

（私がこの地に来るきっかけとなった、憧《あこが》れのメニュー……イカメシ。アレとこういう形で出会うことになろうとは、運命というものは恐ろしいものだ……）

今日の甘利田は、「イカメシ」の存在を意識し過ぎていた。給食をおいしく食べる頭の隅にも、ずっとこの「イカメシ」の存在がちらついていたのだ。

厳めしい顔でイカメシのことを考えている間にも、時間は過ぎていき――作業の時間から、劇の練習の時間に移っていった。

作業で使った道具を片づけ、再び教室の中央には証言台用の机、検察官と弁護士用の椅子のみを残し、他の机と椅子を教室の端に寄せる。

衣装が完成、もしくは準備ができた生徒たちはそれを身に着け、まだ準備ができていない生徒たちは、ジャージ姿のまま練習は開始された。

「被告は、毎日お気に入りのカレーショップで、ビーフカレーを食べに行くほどのカレー好きだった……」

証言台の前——甘利田と比留川の前まで歩み出たのは、弁護士役の丸本だ。最初はただセリフを読んでいただけだったが、今では「弁護士」としての言葉でゆっくり、抑揚《よくよう》をつけて話すようにセリフを口にしていく。身振り手振りを混じえ、全身で「ホワイトマン」の弁護をしていた。

「……被告は、社会の中で生きていないですか？　果たして彼は！　人類の敵ですか？……以上です」

最後のセリフを終えると、丸本はくるりと身を翻《ひるがえ》し、自分の椅子まで足早に戻っていく。空気が弛緩《しかん》し、見守っていた他の生徒たちから「マルヨネいいね」「うまくなってきたね」と言った明るい声が聞こえてきた。マルヨネは、丸本のあだ名である。

正面から丸本の演技を見ていた甘利田は何も言わないが、満足げに頷いていた。隣でストップウォッチを片手に時間を測っている比留川も同様だった。

「……僕は！」

すると突然、粒来が証言台代わりの机をバンッと叩いた。予想外の動きと音に、全員がぎょっとする。笑顔の粒来は、そのまま続けた。

「みんなでおいしくカレーを食べたいだけ——」

「ちょっ、ちょっと、ま、待て！」

粒来のセリフ――台本にはないアドリブ――を、甘利田は声を上げてなんとか遮《さえぎ》る。

「なぜ台本にないセリフを喋《しゃべ》る」

「僕なりのホワイトマンを……」

「お前なりのホワイトマンなどいらん。何度も言わせるな」

鋭い眼光で詰問する甘利田に臆せず答えていた粒来だったが、切って捨てられたあとは言葉が続かなかった。

「学芸会は授業だ。各々の好きにやる趣旨じゃない。配役は、その者に与えられた課題だ」

甘利田は立ち上がり、ゆっくり粒来の前まで歩み寄る。

「いいか。ホワイトマンのセリフはたった一つだ。言ってみろ」

「……『僕にとって、カレーはカレーです』」

「そうだ。それだけでいい。わかったな」

甘利田にとって、ホワイトマンのこのセリフには特別な意味がある。かつてのライバル、神野ゴウの、印象的な言葉が元になっているからだ。

昨日の給食センターの誤配送が、当時甘利田がいた常節《とこぶし》中学校でも起きた。
しかもカレーの日に、白米が別の中学に誤配送されたのだ。白米を取り戻すために殴《なぐ》り込《こ》みに行った神野を甘利田はどうにか連れ帰るが、その熱意に打たれた誤配送先の教師が、おにぎりを用意してくれた。

もらったおにぎりを投入して、二人きりで食べた給食のカレーライス。普段は給食にアレンジをして食べる神野に対し、この日はどんなプランを立てていたのか、と甘利田がたずねた。ホワイトマンのセリフは、このときの言葉だった。

当時、アレンジをするのが当たり前になっていた神野が、アレンジすることなくそのまま食べたいと思わせた、カレーライス。ただ給食に手を加えたいという欲に動かされているのではなく、「そのときおいしいと思える食べ方をしたい」——神野はそう考えていたのではないか、と甘利田は思っている。

そんな考えが、台本「ホワイトマン」での裁判が「カレーに何をかけるか」につながっていったのだろうが、それはともかく。

甘利田にとって、特別な思い出の詰まったセリフであったとしても——好きなものほど興味がないフリをする甘利田が、素直に認めることはないだろう。それでも確実に、「ホワイトマン」の台本の中でも特別なセリフであり、その強調として、ホワイトマンに他のセリフはいらないと考えていたのだった。

「……」

そんな事情など知る由もない粒来からは、笑顔が消えていた。何か言いたそうにしていたが、結局粒来から続く言葉はなかった。

学芸会の練習を終えた甘利田は、比留川、木戸、そして坂爪と共に忍川亭に向かった。木戸はさすがにジャージ姿ではなく、開襟シャツに白地のセーターという私服姿であった。

通された座敷の出入口から正面には内障子の窓、右手側には掛け軸のかかった床の間がある。床の間から黒塗りの座卓が三つ縦にくっつけた状態で置かれ、出入口を背に床の間側から木戸、甘利田、比留川と移動し、上品な作りをした木製の座椅子にそれぞれ座った。

木戸の向かいには白根澤、比留川の向かいには坂爪が腰を下ろす。甘利田の前は空席だ。今回の酒席の主催である、等々力のための席だろう。

しかし——等々力はしばらく姿を見せなかった。気にせず、白根澤は皆に「先に始めちゃいましょ」と酒を勧め始めた。木戸や比留川は最初気にしていたが、白根澤から「へーきへーき」とまで言われれば、遠慮する理由もなかった。

白根澤の前の木戸、坂爪と比留川は、互いに瓶ビールをグラスに注ぎ合い、お酒を楽しみ始める。

酒に警戒心《けいかいしん》を持つ甘利田は酒に手をつけず、素面《しらふ》のまま紙一枚のお品書きをじっと見つめていた。懐石料理コースの「北海烏賊飯《いかめし》」と書かれた文字を撫でる。料亭のお品書きだけあって、荘厳で上品なフォントで書かれていた。

（これは紛れもなくこう読む……ほっかいいかめし！）

今の甘利田には、その周りの文字は一切見えていない。「北海烏賊飯」の文字を食い入るように見つめながら、妄想にふける。

（烏《からす》の賊《ぞく》と書いてイカ。死んだふりをして、海面に浮かんでいるイカを烏がつつきに来た刹那《せつな》、イカは腕を伸ばして烏を絡め取り、海中に引きずり込む賊行為を行うとされたことに由来する。まさにアリ地獄。今日の私も、さしずめイカに絡め取られた烏の如《ごと》くだ）

すぐにでも食べたくて仕方がない甘利田は、思わず緩んだ頬で口をパクパク動かす。するとそこに「失礼いたします」と女性の声が割って入った。

慌てて甘利田が振り返ると、若い仲居《なかい》が引き戸を開け、見覚えのある男性が手を振って座敷に上がってくるところだった。この酒席を提案した、等々力宗太だ。

白根澤以外は立ち上がり、座敷に上がってきた等々力を出迎える。

「いやー、すみません」

「町長、お待ちしてましたよ！」

申し訳なさそうに奥へ進む等々力に、白根澤は手招きすると「はい、ここ座って座って」と隣を手で示す。

「本日は、お招きにあずかりまして……」

坂爪が頭を下げると、それに合わせて甘利田たちも頭を下げた。甘利田はお品書きを両手で握りしめたままである。

「いやいや、こちらこそお呼び立てしておいて、遅れてしまい申し訳ない！」

　等々力は手を合わせて坂爪、甘利田たちに謝意を示す。すると仲居から、「そろそろお食事、始めますか？」と声をかけられた。

　その声に反応した甘利田は、笑顔で等々力と仲居を交互に見る。白根澤が「おお、そうだな」と答えたが、等々力は申し訳なさそうに仲居に顔を向けていた。

「あ、私はね、さっき食べ過ぎちゃったんで……私の分はいいですから」

　そう言うと、坂爪が「えっ」と声を上げた。白根澤も「え〜、食べてきちゃったのー？」と心底残念そうに続ける。雲行きが怪しくなってきているが、甘利田はいつ食事が始まるのかとそわそわしていた。

「なぁんだ、町長が食べないのに俺たちが食べるわけにいかないよ」

　白根澤がそう言った瞬間、甘利田から笑顔が消えた。イカメシとの対面を阻《はば》むピンチである。

「いやいや、私が勝手に食べてきちゃったんで。皆さんは、どうぞ」

　等々力が慌てて言うと、甘利田に笑顔が戻る。この席を設けた本人が言うのだから、遠慮する必要はない。そんな気持ちから蘇《よみがえ》った笑顔だったが——

「我々もかなりもう、やらせてもらってるんで……食事はいいですか、ね」

「そうですね～」

木戸が甘利田の隣に座る比留川に確認すると、笑顔で同意する。やけに間延びした声からは、酒に酔《よ》っていることがうかがえた。しかも同意した瞬間、甘利田が憤怒《ふんぬ》の形相で睨みつけてきたのに、いつも以上に平然としている。睨まれていることにすら気づいていないのかもしれない。

「それじゃ悪いなあ。せっかく招待したのに」

「今日は、町長のお話を聞くのが趣旨ですから」

さらに申し訳なさそうにする等々力に対して坂爪がフォローを入れる。白根澤は「そうだな」と頷くと仲居に向けて続けた。

「だからね、コース料理もいらない。なんかちょっとした……簡単なツマミみたいなのでいいよ」

白根澤からの注文に、仲居は「かしこまりました」と会釈して引き戸を閉める。怒りとも悲しみともつかない表情でお品書きを握り締めた甘利田が、仲居に何かを訴えかけようとしていたが――無情にも、引き戸は完全に閉じられた。

甘利田の最大の目的であったイカメシとの対面が叶《かな》わないことが、確定した瞬間だった。

しばらくして、甘利田の目の前に置かれたのは――大根とキュウリ、茄子《なす》のお新香《しんこ》と、枝豆の入った二つの器であった。悲しみと絶望に染まった目で、甘利田は器の載ったお盆を見つめる。

　お酒を楽しんでいた白根澤や木戸、比留川と坂爪は、すでにビールから日本酒に変えていた。飲酒組の酒は進むも、多少落ち着いてきた空気の中で、等々力は口を開いた。

「甘利田先生に言われたことを、色々考えましてね。確かに子供が給食を残さなかったからと言って、難民が救われるわけではない。でもね、恵まれない人たちがいるんだって意識が大事だと思うんですよ」

　等々力も酒は飲んでいるようだが、話し方は普通だ。節度を守って飲んでいるのか、元々酒に強いのか。一方、隣で「そのとーり!」と若干呂律《ろれつ》が回っていないように見える白根澤は、かなり酔いが進んでいる。

　甘利田は、等々力の話を聞いているのかいないのか、お新香と枝豆を見つめたまま黙っている。

「でも、子供たちにその意識を持て、と言うのも酷だ。何せ、体験したことがない。そこで……」

「お、アレですね」

　等々力がわざとらしく言葉を切ると、白根澤が訳知り顔でニヤリと笑う。等々力がもったいぶるように頷くと、坂爪が「アレ、というのは?」と先を促《うなが》した。

「私はね坂爪校長、忍川中学を給食完食のモデル校に選定したいんです」

「名誉なことだ！　なあ」

　等々力がそう答えると、白根澤は一際大きな声で目の前の木戸に同意を求める。だいぶ酒が入ったからかボーっとしていた木戸は、呼ばれて慌てて「ありがとうございます！」と頭を下げた。その声もどこかふわふわしている。

「私は、生徒たちと一緒に給食を食べてみたい」

　反応に気を良くしたのかその場に立ち上がる等々力に、比留川が遠慮がちに口を挟む。

「町長と一緒だと、みんな気を遣って食欲が……」

「かえって興奮して、食欲が増すんじゃないですかね」

　比留川の懸念をかき消すように、木戸は両手で見えない食欲を持ち上げるような仕草をしながら割り込んだ。木戸の言動に同意するように白根澤は頷いた、そのときだった。

「――一緒に食べて、何がしたいんですか？」

　ずっと黙っていた甘利田が等々力を見上げながらたずねると、場が一瞬で凍《こお》りつく。そこで、白根澤が当然のように「アピールだよ」と答えた。

「アピール？」

　甘利田が疑念を持って見据えると、白根澤はそれ以上答えず、代わりに等々力に視線を向けた。

「食事を大事にすることを、生徒と共有したいだけです」

白根澤の言葉を否定も肯定もしない等々力に対して、甘利田は目の前の机を両手でバンッと叩いた。憤りのこもった音と共に、立ち上がる。

「給食は、子供たちにとって大事な時間です。たとえ一回でも、政治利用に使われるべきではない」

甘利田は等々力を見ながら、鋭い声で切り捨てる。ただでさえイカメシにありつけず絶望しているというのに、給食の時間まで壊そうとするのなら、意気消沈している場合ではなかった。

坂爪が落ち着かせようと「甘利田先生」と声をかけるが、聞こえていない。代わりに等々力が眉間に皺を寄せる。

「政治利用とは、人聞きが悪い」

まっすぐ非難の言葉を向けてきた甘利田に対し、等々力も不躾に指をさしながら声を上げる。座ったままの白根澤も「誤解も甚《はなは》だしいよ！」と同調した。

「私はね、たとえ子供でも、意識を持ってもらいたいだけなんです」

「町長と食べると、意識が向上するんですか」

「少なくとも、刺激《しげき》にはなるでしょう」

「その刺激、いりますか？」

最後には諭《さと》すようにすら言う甘利田に、等々力は呆れた声で「わかんない人だねぇ」と首を振る。甘利田は一歩も引かずに「わかりません」ときっぱり返した。

等々力は甘利田を説得することを諦《あきら》めたのか、再びその場に腰を下ろした。

「そもそも、教師の怠慢《たいまん》でしょ。子供は大人を見て育つ。先生、見られてて、胸張れてますか？」

立ったままの甘利田を値踏《ねぶ》みするように見上げる等々力。その横で「町長、ちょっとそれは……」と坂爪がフォローを入れようとするが、取り合わない。ただ甘利田の反応を待つ等々力に、坂爪もこれ以上何も言えないのだった。

甘利田も等々力を見据えて、ゆっくりその場に腰を下ろす。

等々力からの問いが、甘利田の頭の中で回る。「心の奥底で給食を愛している」のは確かだが、最近の自分はどうなのか。比留川にも「給食のときに踊《おど》っている」と指摘されたこともあった。

「どうですか、あなたは給食のとき、どんな姿を生徒たちに見せてるんです？」

何も言わずに座った甘利田に対し、等々力はさらに問いかけてくる。甘利田は、答えなかった。そんな反応に、等々力は勝ち誇ったように笑う。

「私が手本を見せますよ。完食しても難民は救われないなんて、小賢《こざか》しい知恵を教え込む教師と比べて、どっちが生徒のためになるか……見ててください」

「……そこまで言うのなら、どうぞご自由に」

自信満々に言い切る等々力に、甘利田はようやく口を開いた。負けを認めたかのような言葉に、等々力は満足そうだった。

「……ただあなたは、少々子供たちを見くびっている」

甘利田の忠告のような言葉に、等々力は不服そうに「どういう意味？」と返す。

「子供は、大人の上を行くことが……まま、ある」

「何をぉ……！」

ここまで一度も声を荒らげなかった等々力が、露骨《ろこつ》に不快そうに顔を歪めた。大人である自分が子供より下になる、と言わんばかりの甘利田の言葉に我慢ならなかったのかもしれない。

「あなたは間違ってる」

「なっ」

「残念です」

キッパリ言う甘利田に、等々力は「もう一回言ってみろ！」と、非難の意を込めた指を甘利田に向ける。

「残念です。残念でした」

「誰が残念だ！」

真顔で続ける甘利田に、ついに等々力が食ってかかりそうになったところで、白根澤と坂爪が等々力を止める。冷静に見える甘利田にも、木戸と比留川からそれ以上焚《た》きつけないよう制止が入った。

「まあまあ町長……って、先生全然飲んでないじゃない。ほら」

甘利田のお猪口《ちょこ》が運ばれてきたときのままだと気づいた白根澤が、木戸を促す。「はい！」とお猪口を甘利田に無理やり握らせると、木戸は徳利を持ってお猪口に酒を注いだ。

あれよあれよと酒を持たされた甘利田に、断る余地はなかった。

「甘利田先生、一杯だけなら」

「そうですよ」

持ったお猪口を置くことも出来ずにいる甘利田に、坂爪が声をかける。いつもよりも緩んだ笑顔の比留川も後押しした。

普段の甘利田なら、断固として拒否していたことだろう。断れない気の弱い人間でもない。周りに合わせるどころか我が道を行くタイプの人間なのだから。

しかし今は、「イカメシを食べ損ねた」という喪失感《そうしつかん》と、「給食のときの自分の姿」が「胸を張って生徒に見せられるものなのか」という疑問に対する迷いで、気持ちが揺れていた。自棄《やけ》になっていた、と言ってもいいかもしれない。

「……どうなっても知りませんよ」

甘利田にとって飲酒は、何を引き起こすかわからない行為。それで何度も大変な目にあってきている。最後の理性が、この場にいる人間に対して警告を出させた。

「どうにでもなっちゃってよ」

そんな最後の警告を、白根澤はあっさり流した。酒を飲むと人が変わるのはよくある話で、むしろ酒で変わった甘利田を見てみたいとすら思っていたのかもしれない。

そのまま白根澤は「はい、町長も」とお猪口を持つよう促す。甘利田との口論で興奮していた等々力も落ちついてきたのか、素直にお酌《しゃく》を受けた。

いつの間にか皆が酒を満たした状態になり、持ったお猪口を掲《かか》げた。

「では皆さん、今後ともよろしくお願いします。乾杯《かんぱい》！」

白根澤が言うと、近くにいる人同士でお猪口を触れ合わせ、皆口に運んだ。甘利田だけが、受け取ったお猪口を見つめたまま、緊張していた。

皆が飲み干すのに遅れて、甘利田も一気にあおる。喉《のど》の奥が、やけに大きく鳴った。

――やはり例に漏れず、この瞬間から甘利田の意識は途切れることになる。

甘利田の意識が戻ったとき――そこには、粒来の顔があった。

「！」

異様《いよう》に近い粒来の顔に驚く甘利田に、粒来もビクリとする。彼は制服にマフラー、手袋に肩掛けカバンといった、登校時の装いだ。

現在は薄曇《うすぐも》りの朝、生徒たちが登校してくる時間である。状況的には、校門に立って身だしなみチェックや挨拶をしているはずなのだが——普段は校門に立つ際はジャケットを着ているのに対し、腕をまくったカーディガン姿だ。しかも今の甘利田の頭と身体はふわふわしており、寒さに意識が向かないどころか、まともに言うことを聞かない。

具体的には、倒れそうになる身体をどうにか踏み留めるも、意に反して身体は倒れようと傾き、その度に足や手を動かして抗《あらが》う。時には粒来にぶつかりそうになりながら、だんだん「函館市立忍川中学校」の銘板《めいばん》に近づいていく。

その動きは、人によっては「酔拳《すいけん》のようだ」と思うだろう。最終的には「酔拳みたいな動き」でも体勢を保てなくなり、校門に身を預けるのだった。

戸惑いながら甘利田を見守っていた粒来が、近くまで駆《か》け寄ってくる。

「お、おはようございます」

校門にぶら下がるようにつかまる甘利田の顔を覗き込みながら、挨拶する。甘利田の様子が明らかに異様なことには、触れないほうがいいとの判断だろう。

どうにか身を起こした甘利田だったが、まだふらふらしている。拳を軽く握り、人差し指を少しだけ伸ばした状態で、校門の向こうを示す。

「……行け」

甘利田が絞り出すような声で言うと、粒来は少し躊躇《ためら》いを見せながらも「失礼します」と一礼して校舎に向かった。

（ああ……またやってしまった。あの一杯を飲んだ瞬間から、今の粒来の顔までの記憶《きおく》が……皆無だ）

粒来の背中を見送る視界の端に気になる人影《ひとかげ》が見えて、甘利田は視線を動かした。

そこには、コートを着た比留川の姿があった。いつもなら隣にいる木戸の姿はなく、一人で立っている。

「！」

しかし甘利田と目が合った瞬間、比留川は気まずそうに視線を外した。

（これは……また何かやってしまったようだ……！）

酔いが残っている頭と身体を目覚めさせるため、甘利田は慌ててメガネを外し、自分の頬を叩いた。衝撃で少し頭が冴《さ》え、メガネをかけなおそうとした瞬間——あることに気づく。

右手の拳が真っ赤になっており、一部えぐれたような傷までできているのだ。かなり痛そうなのだが、今までまったく気づいていなかった。

（なっ……なんだこれは！）

遅れてじわじわ痛みが襲いかかってくるが、それよりも今の状況——よそよそしい態度の比留川と、自分の拳が傷つくようなことが起こったという事実――のほうが、気がかりだった。

なんとか校門での挨拶や身だしなみチェックの時間を終え、甘利田は職員室に戻って来た。隣の席の比留川が淡々とテストの採点をする中、甘利田は引き出しから献立表を引っ張り出して確認しようとしたが、その前に机に突っ伏してしまう。

（イカメシに釣られて、後先考えず暴挙に出てしまった。しかも、イカメシは釣り損なうという屈辱。まったくなんて日だ……今日の給食に集中せねば）

机に頭を預けながらも、敷いた献立表の今日の日付に注目する。

「おはようございます」

すると、木戸の声が聞こえてきた。今朝の校門での挨拶には姿を見せなかったが、今日は当番ではなかったのか、事情があって遅れたのか――今の甘利田に知る術《すべ》はない。

なんとか挨拶だけはしようと身体を起こし、椅子の背もたれに身を預けて顔を上げると、声の主である木戸の姿が見えた。

その額には――血の滲《にじ》んだ絆創膏《ばんそうこう》が貼られていた。

（あっ……あの傷は……）

驚きのあまり、甘利田は椅子から滑り落ちた。その姿を見ていた木戸の表情は険しく、甘利田を気遣《きづか》うことなく目をそらす。

（まさか……この私が……暴行を……！）

木戸の態度や自分の拳の傷のことを思い返し、焦《あせ》る。自分のしでかしてしまった可能性への動揺と、身体がまだふらついているのもあって、甘利田はなかなか起き上がれない。

「――皆さんにちょっと、お知らせがあります」

すると、坂爪の声が聞こえてきた。校長室から出てきたらしい。

「じゃあ、木戸先生から」

話を振られると、立ったままだった木戸は「はい」と答えて坂爪の隣に並ぶ。

「えー、昨日等々力町長からお達しがありまして、我が忍川中学が給食完食のモデル校に選定されました」

この発表に、教師たちから「おー」という声が上がった。「選ばれる」というのは、特別な意味があるように感じるためだろう。木戸は続ける。

「つきましては、本日から給食時のグループ分けは禁止。机はそのままで、黙って残さず食べる、というスタイルに徹してください」

「――ちょっと待ってください」

木戸が言い切る前、甘利田はなんとか起き上がり、デスクに手を突く。

「それは……決定なんですか」

「……甘利田先生」

木戸の隣に立つ坂爪が真面目な顔で呼ぶと、甘利田はまだふらつく身体をどうにか律して、「はい」と応えながら立ち上がった。

「決定事項です」

「……」

キッパリと言う坂爪に、甘利田は何も言えなかった。言うべきことを言った坂爪は、そのまま校長室に引き返し始める。

そんな坂爪の後頭部には――血の滲む脱脂綿《だっしめん》が、白いテープでしっかり留められていた。

あまりに痛々しいその姿に、甘利田は目を見開くだけでなく、大口を開けて固まる。

（おっ……俺は何をしたぁー！）

過去に何度か酒による記憶喪失を経験していた甘利田だったが――今までで一番、自身への恐怖《きょうふ》が膨らむのだった。

記憶にない自身の行動への恐怖、そして「黙って残さず食べる給食」――様々な懸念がある中、給食の時間を迎えた。

木戸からの指示の通り、机は授業を受けるときと同じく前を向いたままで、生徒たちは校歌を歌っている。校内放送は中止されているが、給食開始の合図のようになっているからか、校歌は流れていた。だが歌い終わると同時に放送は停止し、教室は静まり返る。日直が「いただきます」と言い、他の生徒たちも「いただきます」と続く。そして、給食は始まった。

話し声がしないため、食器が当たる音だけがやけに大きく響く。それが、教室の静けさを際立たせた。

比留川も、普段給食時に入っているグループ——マルコの隣に机と椅子を準備し、前を向いて給食を食べていた。グループ分けをしないのならどこで食べても同じに思えるかもしれないが、ずっと一緒に食べていた生徒たちの近くで食べたいと思ったのだろう。

（いつもの給食ではあるが……子供たちにこう黙って前向きに食べられると、なんとなく私も……給食に乗れない）

給食の味が変わったわけではない。甘利田からすれば、「母親や自分が調理したものよりおいしい」のは同じだ。ただ、「いつものノリ」で食べることができないだけである。

「……」

視界の端では、マルコが粒来のほうを眺めているのが見えた。当然、給食には手をつけていない。その様子を、比留川が心配そうに見守っている。

「あ、パン残ってんじゃん」

すると、教室後方の席の浅葉が、その前の国生の席を覗き込んでいた。急に話しかけられた国生が驚き振り返ると、「残すんならちょうだい」と浅葉は立ち上がって国生のトレイの食パンに手を伸ばした。国生も浅葉のトレイを見て「そっちもまだ残ってる」と返したところで――ゴホンゴホン、とわざとらしい咳払《せきばら》いが聞こえてきた。

浅葉と国生が目を向けると、扉が開いた廊下の向こうに木戸が立っていた。無言で手を動かし「座れ」と浅葉に示し、「完食委員」という赤に黄色文字の腕章を見せつけた。浅葉は、すごすごと自分の席に戻る。

（これは……果たして給食なのか……）

今までになかった給食時の様子に戸惑った甘利田は、思わず粒来を見る。普通に食べているようだが、その顔はどこかつまらなそうであった。

「ひ……比留川先生」

給食後、配膳室前の廊下を進む比留川に甘利田は声をかけた。比留川はビクリとして足を止め、躊躇いがちに「はい」と答える。しかし振り返ろうとはしなかった。

「あの……昨日は、その……すみませんでした」

そう言って丁寧に頭を下げると、比留川は「えっ」と驚き振り返った。

「……すみません？」

（なんか違ったか？）

甘利田の心の声が驚きとして顔に出ていたからか、比留川は「失礼します」とだけ残して素早くその場を立ち去ってしまった。状況がわからず、その場に固まる甘利田。

「……」

配膳室の角で不思議そうにしている粒来の姿があったが、一心《いっしん》不乱《ふらん》に廊下を進む比留川は気づかない。当然、廊下にいる甘利田も粒来の存在には気づくはずもなかった。

「穏やかじゃないわね～」

すると、牧野がニヤニヤしながら配膳室から出てきた。

「何がですか」

「ひょっとして、二人はネンゴロ？」

「違います」

「じゃあアツアツ？」

「違うと言っている」

「もう、隅に置けないわね～」

甘利田が否定すればするほど、牧野は楽しそうに笑う。最後には肘で甘利田をつついていた。これ以上何を言っても無駄だと判断した甘利田は歩き始める。

記憶が飛んでいる間に、何があったのか。比留川はなぜ、あんなによそよそしいのか。

そのことも気になるし、やはり先ほどの給食のことも気がかりだった。

「……それにしても今日の給食、なんか静かだったわね」

牧野の言葉で、甘利田は足を止めた。自分の思考を読まれたような言葉だったが、そもそも話しかけてきた本題が、こちらだったのかもしれない。

「何かあったの？」

「……わかりません」

「え、これから毎日こうなの？」

重い口を開いた甘利田の返事で、即座に状況を察したらしい。戸惑う牧野に対して「そのようです」と返すと、牧野は険しい表情で甘利田の元まで歩み寄った。

「そんなの、絶対ダメよ！」

覇気《はき》のない甘利田に強く主張した牧野は、励ますように笑みを見せる。

「給食は、みんなでワイワイ食べるからおいしいんでしょ」

その光景を思い起こさせるためか、話す声も優しくなる牧野。だが、甘利田は答えない。

いつも通りの給食のはずだった。だが、喋る生徒がいれば注意され、教室は静まり返ったまま。黙ることを強いられ、残さず食べるよう監視《かんし》される。

献立そのものはいつも通りでも、給食を食べる空間は——変容していた。

「先生が、一番わかってることじゃない」

何も言わない甘利田を叱咤《しった》するように、再び牧野は強く言い切る。

甘利田は最後にそう言い残すと、牧野を置いて再び廊下を進み始めた。

「……失礼します」

「……」

心配そうな顔で粒来が見ていたことも、甘利田は結局気づくことはなかった。

翌日も、「黙って残さず食べる給食」は続いた。同時に、以前はマルコだけだった居残り給食の生徒が増えていた。その中には、世戸口の姿もある。

比留川は生徒たちの間を歩きながら、「あともう少し」「頑張って！」と最初は声をかけていたが、生徒たちは無反応だった。次第に比留川も声をかけるのをやめ、ただ静かに見守るだけになる。

「……」

マルコは仕方なく先割れスプーンを動かし、その日のメニューである焼きそばを口に入れた。無理に食べても吐くだけなのはわかっているが、以前よりも「残さず食べること」の強制力が強くなり、時間経過で離脱することが許されなくなっていた。以前から粒来の創意工夫を見て真似するようになった効果なのか、幸い今は吐き気が起こることはなかった。もちろん、「作業として食べている」ということに変わりはないのだが。

「！」

隣の席でゆっくり食べていた世戸口が、マルコが食べ始めたことに気づいて手を止めた。特に声をかけることはなく、静かに見守る。マルコが給食を苦手だと知っている世戸口は、強制力が強くなったことを心配していたのかもしれない。

「……」

そんな心配が必要になる教室を――箸を握った粒来が、廊下からじっと見ていた。

おいしく楽しくではなく、黙って残さず食べる給食。それが生み出した、居残り給食の悲しく、やるせない空気を目の当たりにした粒来は、眉間に皺を寄せ、悔しそうに唇を噛んでいた。

静かな給食を過ごす反動として、学芸会の練習には一層熱が入っていた。以前甘利田が見せた演技に触発されたことも大きい。通《とお》し稽古《げいこ》で、甘利田が生徒たちに「なってない！」と叫び、中断するような場面はなくなっていた。

甘利田が指示をする必要がなくなったのは、彼らが自主的にディスカッションをするようになったことも関係している。通し稽古が終わると、台本を持って皆で集まり、各々気になったことを発表していく。

しかし、そこはまだ中学生。うまくいくことばかりじゃない。

「磯貝さ、もっと意地悪な言い方とかしたほうがいいんじゃね」

浅葉が言うと、磯貝は「なんで？」と何の気なしに返す。

「だって、今の検察官ってなんかつまんなくない？　カッコつけてるだけで、こう、伝わるものがないって言うか……」

そこまで言った途端、磯貝は急に浅葉につかみかかった。いきなりのことに、浅葉は驚き叫ぶ。

「何すんだよ！」

「カッコつけると何がダメなの？　俺が思う検察官役やったらなんでダメなの？　浅葉だって、甘利田先生の真似してるだけでしょ」

「はっ⁉　俺だって自分なりに考えてやってんだよ！」

浅葉まで磯貝につかみかかると、乱闘《らんとう》でも起きそうな空気になる。後方で見守っていた比留川が間に入ろうとするが、甘利田は手で制した。

「あ、甘利田先生……」

「……」

甘利田は答えず、様子を見守る。生徒たちだけで止められないなら割って入るつもりではあったが、子供の喧嘩《けんか》に大人が入るべきではないと考えていた。

実際、慌てて近くにいる男子が二人の間に入ろうと動いた。浅葉と磯貝は互いにつかみ合ったまま離そうとしない。その剣幕に、近くにいた女子は泣き出しそうになっていた。

男子たち数人が集まり「やめろって！」「ほら離れて離れて！」と二手に分かれてようやく浅葉と磯貝を引き離すことに成功するが、しばらく二人の睨み合いは続いた。

争いが苦手な粒来は、この状況を心配そうに見つめることしかできない。

しばらくして、なんとか浅葉と磯貝を落ち着かせた生徒たちは、自分たちの力でディスカッションに戻っていった。

楽しく盛り上がれる給食という時間が奪われた今、一年一組が一丸となって熱を込められるのは、学芸会の練習のみ。彼らはそんな気持ちから、真摯に学芸会の練習に励《はげ》んでいるのかもしれない。

変わってしまった給食の時間と学芸会練習の日々を経て――学芸会前日になった。

この日はかなり寒くはあったが、陽の光を浴びることができた。だが、日が落ちて、夕方となった現在は寒さが加速してきている。甘利田は学校の行き帰りに通る港の堤防を歩きながら、海風に震えていた。

「僕にとって、カレーはカレーです！」

階段を上がってテラスに出ると、そこには海に向かって叫んでいる粒来の姿があった。マフラーや手袋はつけておらず、肩掛けカバンは柵《さく》に立てかけてある。寒がっていないところを見ると、身体が冷えを感じないほど、ずっと海に向かって叫び続けていたらしい。

「僕にとって……カレーはカレーです！」

同じ言葉――ホワイトマン唯一のセリフを叫ぶ粒来は、どこか苦しそうだった。甘利田がやってきたことにも気づかず、同じセリフをくり返す。

「……その辺にしておけ」

見かねて声をかけると、粒来は甘利田に気づいた。甘利田に顔を向けるが、苦しそうな表情のまま、何も言わない。

粒来を見据えたまま歩み寄り、甘利田は柵に立てかけてあった肩掛けカバンを手にした。

「明日は本番だ。もう遅いから、早く帰れ」

粒来の手をつかみ、歩かせようとしたが――粒来は、甘利田の手を振り払う。一瞬目を見開いた甘利田は、すぐにカバンを粒来に押しつけた。連れ帰られたくないなら、自分の足で帰れという意思表示である。

粒来は一度、カバンを受け取った。しかし甘利田が手を放すと、そのまま粒来もカバンから手を放す。予想外の動きに戸惑った甘利田の視線が、落ちたカバンに引き寄せられる。

「……先生」

ようやく口を利いた粒来の声は、泣きそうなほど震えていた。そのことに気づいたとき、甘利田は踵《きびす》を返してテラスから立ち去ろうとした。

今から粒来が何を言おうとしているのか、甘利田は本能的に気づいていたのかもしれない。それを言われた自分が——何と返すか。返してしまうのか。そこまでも気づいていて、できることなら回避したかったのかもしれない。

「給食は……あれでいいんですか！」

だが、粒来の震える声に、甘利田はやはり足を止めてしまった。想像していた言葉が返ってきた甘利田は、ゆっくり振り返り、何もわからないフリをして口を開く。

「どういう意味だ」

「みんな前向いて、ずっと授業みたいです」

顔をくしゃくしゃにして、振り絞るように続ける粒来。

「何か問題あるか」

甘利田は平然と言う。まるで、興味がないかのように。

「わかんないけど……なぜか、おいしくないです」

「……」

「先生は、そうじゃないんですか？」

必死に訴えてくる粒来を、甘利田はまっすぐ見て答える。

「いつもの給食だ」

「いつもの先生じゃないと思います」

粒来の言う、いつもの甘利田とは——どんな甘利田だろう。

自分が生徒たちに見せていた、給食を食べていた姿は、どんなものだっただろうか。

等々力に言われて、言い返せなかった。

イカメシを食べ損ねて自棄になって酒をあおって記憶を飛ばし、比留川だけでなく木戸や坂爪にも、迷惑《めいわく》をかけたかもしれない。

一日の癒《い》やしである給食も、おいしいはずなのに何かがおかしい。粒来に言われずとも、甘利田だってわかっていた。

だが、どうすれば今のこの状況をどうにかできるのか——今の甘利田にはわからない。

「……早く帰れ」

最後に言い残すと、今度こそ甘利田は粒来に背を向けた。

「ホワイトマンなら……絶対に嫌だと思います!」

粒来の叫びが、甘利田の背中にぶつかる。階段の途中で一度足を止めるが、振り返ることも言葉を返すこともしない。

ホワイトマン——その元になった、神野ゴウ。

かつて甘利田は、神野にも同じ問いを向けられたことがあった。「健康に良いメニュー」となったことで味が変わった給食が続く中で、「給食はこれでいいのか」と。

そして甘利田は——そのときとまったく同じ言葉を、今も、昔も、返していた。

今この瞬間に、自分にできることはない。そう思っていることすらも昔と同じだということ、内心では粒来の言葉に同意していることに――甘利田は、気づかないフリをする。

「……僕にとって、カレーはカレーです！」

粒来は再びセリフを叫んだ。何度も何度もくり返す粒来のセリフを聞きながら、甘利田は結局階段を下っていく。

今はただ、明日の学芸会に意識を向けることしかできなかった。

メニュー三

ホワイトマンの役割

粒来の悲痛な叫びを聞いた翌日の、一年一組。静まり返った教室では、生徒たちが学芸会の衣装で席についていた。

教卓の隣で見守る比留川は、爽《さわ》やかな黄緑色のスーツに白のスカーフを巻いていて明るい色彩《しきさい》だが、普段よりもフォーマルな印象だ。

そして教卓から教室を見渡す甘利田も、今日は茶色がかったグレーのスーツという、正装に近い姿であった。普段の授業とは違い、生徒たちの晴れの舞台だからだろう。

「……ついに、本番だ」

普段の制服とは違って身に纏《まと》う衣装は色とりどりで賑《にぎ》やかにも見えるが、甘利田の声を聴く生徒たちは静かで、顔には緊張が張りついている。

「これまでの稽古を思い出して……悔いのないように、全力で演じろ」

甘利田からのエールに対しても、生徒たちは静かだ。それを見て、比留川は苦笑する。

「みんな、緊張してるね。リラックス」

「うまくやろうとするから、緊張する」

胸に手を当て、優しく声をかける比留川。その言葉を受けて言う甘利田は、改めて教室を見渡した。

「学芸会は、劇の善し悪しを競うものではない。肝は、与えられた役を全うできたかどうかだけだ」

激励の言葉を真剣に聴く生徒が多い中、甘利田は厳めしい表情のまま教卓を離れた。ゆっくり歩き、近づいたのは——磯貝の席だった。皆が緊張する中、磯貝はいつも通り机に突っ伏して寝ていたのだ。

甘利田は磯貝の頭上に両手を出すと、パンッと叩く。直後、「んがっ」と声を漏らした磯貝の身体がビクリと跳ね、目を覚ました。

瞬間、生徒たちから笑いが起こった。いつも通り過ぎる磯貝を見て、緊張がほぐれたようだ。

「……よし、行くぞ」

短く甘利田が言うと、生徒たちからは「はい！」と大きな声で返事があった。一斉に勢いよく席を立ち、「行くかー！」という浅葉以外の声はなかったが、皆顔つきに余裕《よゆう》が出てきていた。

それぞれが教室を出ていく中、甘利田の視線が粒来に向く。昨日の様子が少し気がかりだったからだ。

「……」

粒来は、何か決意したように表情を引き締めると、皆に遅れて立ち上がった。

体育館には、すでに人が集まっていた。生徒たちは舞台前で体育座りをし、その脇や後ろにはパイプ椅子が設置されている。教師や来賓《らいひん》用の席だ。
そこに、坂爪の案内で等々力と白根澤がやってきた。来賓の一部が手を振ると、等々力は「ありがとう」と手を振り返す。自分の支持者への挨拶は欠かさないらしい。白根澤も来賓に「みんなご苦労さん」と労《ねぎら》いの言葉を述べた。

来賓席の一番前の列の、坂爪に示された場所で足を止め、白根澤、等々力の順にパイプ椅子に腰かけた。

「いやー、毎年私、興奮しちゃうんですよね。こう見えて、元演劇青年だったんで」

「忍中名物ですもんね」

等々力の隣に座った坂爪が楽しそうに言うと、白根澤も笑う。すると、持っていたプログラムを眺めていた等々力が口を開いた。

「この『ホワイトマン』というのは……甘利田先生が書いたんですか？」

「はい」

「え、そうなの？」

坂爪が答えると、白根澤は慌ててプログラムを見た。白根澤に限らず、甘利田を知る者なら、彼が台本を書くというのは意外に思うだろう。しかし等々力は、それよりも気になることがあったようで、少し呆れたような顔で坂爪に話しかける。

「もしかして、これを見せたくて私を招待したんですか」

「あー……バレましたか」

笑う坂爪に、悪びれる様子はない。等々力は「なぜですか？」と少し険のある声で返す。

「彼は、誤解されやすい人です。町長の誤解も……解けたらいいな、と思いまして」

「私は誤解などしていません」

そう言って笑う等々力の言葉には、有無を言わさぬ雰囲気があった。この態度こそが、等々力の中の甘利田の人物像を、固着させている証拠であるように見える。

「甘利田先生は、シンプルに世の中を見てる。だから、信用できる」

「……」

「あなたも、本当はそうなんじゃないかと……思いましてね」

等々力が何とも言えない、複雑そうな表情で坂爪を見据えるが、坂爪はそれ以上何も言わない。この先は「劇を見ろ」ということなのだろう。

しばらくして、学芸会本番が始まった。

他のクラスの演劇や、間に校長の挨拶が挟まりながら――演目は進む。

電灯が消された薄暗い体育館。ひとつ前の演目終了時の拍手が収まった頃、教師の一人が、舞台端にある紙製の札――演目が書かれた「めくり」を一枚めくった。そこには、「ホワイトマン」の文字がある。

その文字を確認すると、舞台下にあるスタンドマイクの前に立つ木戸が、口を開いた。

「次は一年一組の、ホワイトマンの上演です」

マイク越しに演目を発表すると、木戸たちは生徒たちの脇にある教師席に戻っていく。開演を知らせるブザーと拍手を聞きながら、戻って来た木戸の隣のパイプ椅子に座る比留川、そして甘利田は、じっと舞台を見つめている。

ブザーの音と拍手が止むと、注目を促す効果音と共に、パッとスポットライトが点灯する。照らすのは舞台真ん中に立つ、胸に「W」の字が書かれた全身白タイツ姿の粒来だ。

本番では当然机ではなく、茶色の細い柱で作られた証言台に立っている。本物の裁判では、証言台は裁判官の席と向かい合わせが普通だが、演劇なので客席を向いていた。客席からの注目を一身に受ける粒来は、堂々とした笑顔だった。

「――ここに、一人の男がいる」

会場の沈黙を破ったのは、舞台袖に立つナレーター役のマルコだった。粒来同様スポットライトが当たったマルコは、オレンジのベストに水色のシャツに緑の蝶ネクタイ、腰まで上がった縦縞のズボンをサスペンダーで吊るしている。普段はつけていないメガネをかけ、黒いハットに、杖《つえ》を持っていた。

「彼は、何にも染まっていない。周りの人々が彼を何かに染めようとしたが、染まらない」

杖を突き、空いた手はスポットライトを浴びる粒来を示しながら、マルコはナレーターとして、ホワイトマンのことを語っていく。

「そして、人々は彼を司法に訴えた。彼のような存在を認めるわけには……いかなかったから」

堂々とした立ち振る舞いのマルコが言い切ると、すべてのスポットライトが消える。少しの間のあと、舞台全体が明るくなった。

ホワイトマンの後ろには、裁判長役の国生と、それを挟むように裁判員役の生徒二人が立っている。三人とも白シャツに黒のネクタイを締め、黒の法服を羽織っていた。

舞台の両端には長机が置かれている。上手《かみて》側の長机の後ろには、赤いセーターに花柄のロングスカート姿の世戸口、真っ赤なジャケットと膝上丈のスカートにストッキング姿の溝渕が立つ。奥にはハンチング帽にベスト、首から下げたカメラを抱えた少し古い時代の記者らしき生徒たちの姿もある。赤と黒のジャンパーを着た傍聴人役の浅葉がいるので、傍聴席だろう。上手側のめくりの傍には、両手を後ろに組んで立つ制服姿の刑務官役の男子生徒が二人。当然、皆向いているのは客席だ。

裁判官たちが立つ後ろには紙で作った天秤《てんびん》が飾られ、上手側の天秤には醤油瓶が、下手《しもて》側の天秤にはソースの容器の絵と文字が書かれていた。

　下手側の長机の後ろには、麦わら帽子《ぼうし》につなぎやオーバーオールを着た農民に扮《ふん》する生徒たち。抱えるカゴには、紙で作られた小道具の野菜が顔を覗かせる。他にも、インド風の民族衣装に身を包む生徒たちの姿もある。こちらも傍聴席だと思われる。

　そしてなぜか、「中濃ソース」とデカデカと書かれたパッケージを身体に巻きつけた生徒の姿もある。実は上手、浅葉の両隣にも「しょうゆ」の文字の書かれた法被《はっぴ》に、醬油差しの絵がついた紙の輪を頭に付けている生徒たちがいた。

　一応法廷だとわかるが、予備知識なしで見ると奇妙《きみょう》な空間だ。

　下手側の長机の後ろにあるパイプ椅子から、磯貝が立ち上がった。トレンチコートにネクタイ、黒色のハット、付け髭《ひげ》をつけた姿は、検察官というより刑事のイメージに近い。

「今回問題になっているカレーにかけるものに関しても、ソースか醬油のどちらでもいいよ、と人々は教え続けていた」

　ゆっくり歩を進め、客席に向けて説明するようにセリフを言う磯貝扮する検察官は、長机の前まで来ると足を止め、ホワイトマンを手で示した。

「だが彼はあろうことか、どちらもかけないと言った。この思想は危険《きけん》です」

　先ほども居眠りしていた磯貝からは、緊張している気配は微塵《みじん》もない。普段から天然ボケでマイペースなところがあるが、故に緊張をしないタイプらしい。

「弁護人、何か反論はありますか」

磯貝のセリフが終わると、裁判長である国生が声をかける。すると上手側のパイプ椅子に座る弁護士、丸本が立ち上がった。ツインテールの髪型やメガネはそのままに、暗い臙脂のネクタイにダークグレーのスーツ姿で、袖を七分くらいまでまくっている。

「裁判長、彼は単にカレーには何もかけないと主張しただけです」

磯貝と同じように、丸本もゆっくり長机の前まで歩み出る。その顔はずっと客席に向いていた。

「それで、何の罪に問われるというのですか?」

裁判長への主張を、弁護士丸本は客席に向けて述べた。強い語調での問いが、静かな観客席に消える。

すると傍聴人である浅葉、そしてその両隣にいる「しょうゆ」という法被に醤油瓶の絵を頭につけた生徒たちが「そうだそうだ」と声を合わせた。

瞬間、観客席から笑いが起こった。シリアスな雰囲気で進むが、話の論点がカレーにかけるものについてなので、妙なちぐはぐさがあり、笑いを誘《さそ》う。

「静粛に。検察官、どうですか」

裁判長国生が水を向けると、検察官磯貝は続ける。

「カレーには通常、醤油をかける派とソースをかける派に分かれます。でも彼は、どちらでもなかった。それが、罪です」

練習でも堂々としていた磯貝だったが、本番では淡々としながらも仕事に対してストイックな検察官、という雰囲気を醸《かも》し出していた。

「なぜですか⁉」

最近の練習でかなり化けた丸本も負けていない。最初は抑揚のないただのセリフだったのが、本番では検察官への真摯な疑問の言葉になっていた。

「では、本件に関して、弁護人は全面的に争うということですね」

「もちろんです」

「わかりました。公判に入るまで、しばし休廷します」

国生がハンマーを叩くと同時に、舞台は暗転する。こうして、演劇「ホワイトマン」は始まった。

「……」

会場が笑いで沸《わ》いても、再び静けさを取り戻しても――甘利田は冷静に舞台を見守っていた。

演目「ホワイトマン」は、問題なく進んだ。

公判に入ると、カレーショップ店長の証人喚問《かんもん》が始まった。このカレーショップの客層はソース派が多いためソースが常備されているが、醤油も言われれば出すとしていた。ホワイトマンはそのカレーショップで、ソースを使うのでもなければ醤油も頼まず、福神漬《ふくじんづ》けだけをかけてカレーを食べていた。そのことに恐怖を感じた――と、カレーショップ店長は語る。

証言に対し、弁護士は「被告は、何もかけないほうがおいしいと思ったのではないか。それだけ、この店のカレーはおいしいと思ったのではないか」と主張する。

さらに「何もかけない派があってもいいのではないか」という弁護士に、検察官は「架空の派閥《はばつ》を言い出している」とし、裁判長は異議を認めた。

途中、「福神漬けをかける派だったのかもしれない」と主張する弁護士に「福神漬けはかけるものではなく、添《そ》えるもの」と検察官が力説する姿に笑いが生まれたが、すぐに客席は静かになった。

ここまでの裁判では、皆頑《かたく》なに「醤油かソース以外の選択肢」を拒んでいる。「何もかけなくても、この店のカレーをおいしいと思ったのでは」と弁護士に言われて、初めてカレーショップ店長が揺らいだだけである。

そんな歪《いびつ》な「常識」を持った人間の多い裁判は、観客の心に「ふざけた内容で真面目に行われる裁判」以上のものを、ほんの少しずつではあるが――植えつけ始めていた。

演劇は、証人――ホワイトマンの幼馴染みが証言台に立つ場面となる。ホワイトマンの幼馴染み役は、世戸口だった。

最初は弁護士が、証人に対してホワイトマンとの関係や、証人から見てホワイトマンがどういった人物か、一緒にカレーを食べたことがあるかを質問する。それに対し、証人は自分が知るホワイトマンについて話していく。

ホワイトマンは、子供の頃から自分の世界を生きている――皆と違うことをしたがった。サッカーをしている人たちの輪に入らず、一人で登り棒をする。縄跳びが流行っているときも、竹馬で遊んでいた。

そしてカレーを食べるときは――ソースと醤油、どちらもかけていたと証言した。

「……被告は、カレーに何かをかけて食べることを、拒否していないということですか」

「そう、思いますけど」

ホワイトマンの幼馴染み役の世戸口が最後に答えると、弁護士丸本は「以上です」と述べて自席に戻って行った。

「検察官、何かありますか」

裁判長国生に問われ、検察官磯貝は「はい」と言って立ち上がり、証言台に歩み寄る。

「確認させてください。そのとき被告は、ソースと醤油、両方かけていたと」

「はい」

「それは別々の器にですか？　それともおかわりしてですか？」

「いえ、同じ器です」

「なぜそのようなことをしたと思いますか？」

「さあ。色々試したかったんですかね」

世戸口が答えると、磯貝はゆっくり証言台の前を通り過ぎ、上手側で足を止めた。

「想像してください。一度ソースをかけたところにさらに醤油をかけたら、カレーはどんな味になりますか？」

証人に向けての問いを、客席に向かって投げかける磯貝。重い雰囲気を出す音楽も相まって、体育館全体に緊張が走る。

「……ぞっとする味に、なるんじゃないでしょうか」

俯いて、言われた通り味を想像する仕草を見せた世戸口は、苦しそうに顔を上げた。後半から声に力がなくなったところが、彼女が恐ろしい味を想像したことを示している。

そのあまりに真剣な言動に、今度は大きな笑いが起きた。緊張感からのギャップは、笑いを生むのだ。

しかもその笑いは、先ほどよりも大きく、長く続いた。

体育館が笑いで沸く中、比留川は笑えなかった。ずっと一年一組の練習を見ていた比留川にとって、この場面は特に笑いを誘う意図がないことを知っていたからだ。

世戸口が証人として立つ場面に限らず、「ホワイトマン」の中で笑いを取る場面は一つもなかった。最初こそ「コントなのか」と疑問を持っていた生徒たちだが、今では各々が自分の役割を真剣に全うしている。

これまでの場面でも何度か笑いは起きていたが、この場面での笑いは比留川にとってさらに予想外だった。世戸口も同じ気持ちなのではないか、と咄嗟《とっさ》に考える。

自分のセリフで客席から笑われた場合、頭が真っ白になってもおかしくはない。しかも最初の浅葉たちは複数人での野次、福神漬けのくだりは丸本と磯貝二人のやり取りだ。今回のように、間を作ってからの単独のセリフとなると、「自分が笑い者になっている」と感じる可能性もあった。

自分が以前生徒たちに授業中に野次を飛ばされたことや、昔のことなどを思い出してしまったことで、心配になったのだが――

「……」

隣に座る甘利田は、冷静に舞台を見つめていた。順調に進んだ稽古を見守っていたときと、まったく同じ素振りだ。

薄暗い中で甘利田の表情に気づいた比留川は、そのまま舞台に視線を戻した。

演劇は、滞りなく進んでいた。世戸口にも動揺の気配はない。その事実に、比留川は先ほどまでの不安がキレイに消えていることに気づく。

彼女たちは、大丈夫だ。自分が心配するまでもなく、きっとやり遂げる。自然とそう思っていることを実感した。

予想外の出来事は確かに怖いし、失敗につながることもある。だが比留川は、生徒たちが熱心に練習している姿をずっと見てきたのだ。たとえ失敗することがあったとしても、まだ起きていないことを心配するだけでは――生徒たちの頑張りを、信じていないことになってしまう。

そんな気持ちを抱いた比留川は、生徒たちを見守り続けた。

その後、ホワイトマンの幼馴染みである証人の「ぞっとする味になるのではないか」という言葉に、弁護士は「個人の感想だ」と異議を唱えた。しかし検察官は「誰もがぞっとするような行為は、ソース派にも醤油派にも属する意思がないことの表れだ」と主張する。

そして証人の発言で、ホワイトマンはそのソースと醤油をかけたカレーをおいしそうに食べていただけでなく、皆に勧めたことがわかる。

「それで、そこにいた子供たちは真似をしたんですか？」

「いえ、そんな不気味な真似はできないって断ってました」

検察官磯貝が「そうですか」と、短く返す。ホワイトマンの幼馴染みである世戸口はさらに続けた。

「みんな、わかってましたから。彼は、自分の世界で生きているって」

「質問を終わります」

世戸口の証言のあと、磯貝が淡々と締めくくると同時に、舞台は暗転した。

次に証言台に立ったのは——浅葉扮する傍聴人であり、ホワイトマンの友人だ。

話は、「なぜ被告人であるホワイトマンを擁護《ようご》するのか」を検察官が問うところから始まった。「友達だから」と返した傍聴人から、検察官はホワイトマンに対する印象を引き出していく。

とにかく皆と意見が合わず、好きなものが違うホワイトマン。しかもそれを強く主張したりはせず、いつもニコニコ笑っている。そして話しているうちに、自分の考えが間違っていたのかと色々気づくことがあった、と傍聴人は語った。

「ちなみにあなたはカレーには、ソース派？　醤油派？」

検察官磯貝が問うと、傍聴人浅葉は「ソース派です」と答えた。「しょうゆ」の法被をつけた他の傍聴人たちと声を合わせていたが、派閥自体は違ったらしい。

「カレーに何もかけないのは、どう思いますか」

「……ちょっと信じられなかったです」

「つまりそれは、邪道《じゃどう》だと」

「まあ、そうですかね」

彼らは、稽古中にお互いの演技について衝突しており、わだかまりが残ったまま本番を迎えているのだが——そんなことはおくびにも出さず、演技に集中している。

「それなのに、被告を擁護するのですか？」

「初めて聞いたときは信じられないって思ったんですけど……あいつと話すうちに、どちらもかけないことがあっても、いいかもしれないって思ったから」

浅葉の言葉を聞いた磯貝は、他の傍聴席や、客席を見渡しながら続けた。

「どちらもかけないことがあってもいい。つまり、被告の思想に感化されている、ということですか」

確認するように言う磯貝に対し、弁護士丸本が「異議あり！」と立ち上がる。しかし相手にせず、磯貝はさらに続ける。

「裁判長！　被告は自分の思想を、自分だけの心情にするだけではなく、周りの人間に啓《けい》蒙《もう》して、邪道の布教を行っていたと思われます」

「被告は、カレーの自由を言ったまでです！」

強く主張する丸本を無視し、磯貝の発言は続く。

「世の中には二種類の人間がいる。カレーにソースをかける人と、醤油をかける人だ。それ以外はあり得ない。なのにあろうことか被告は、どちらもかけないと言った。これは人類反逆罪の確たる証拠です」

磯貝がホワイトマン粒来を指さして言い切ると、ホワイトマンの友人である傍聴人浅葉の表情が、みるみるうちに曇っていった。

「おれ……そんなつもりじゃ……」

練習のときは腕で涙を拭う素振りを見せるだけだった浅葉。だが今の傍聴人は、表情だけでなく、身を震わせ、絶望と悲しみを全身に滲ませながら、証言台から一歩出て座り込む。

リアルで考えればその場で座り込むほうが自然だが、あくまで演劇。客席から浅葉の姿が見える場所へ移動したのだ。

「弁護人は、何か質問がありますか」

裁判長国生からの言葉で、丸本は座り込む浅葉の横に歩み寄り、身体を支える。

「なぜ……泣くのですか」

「だって……俺のせいで、あいつに……不利になったみたいだから」

涙は流れていないが、声を震わせ、喉を詰まらせて放つ浅葉のセリフは、鬼気迫っていた。甘利田の迫真の演技が、浅葉の中でかなりしっくりきたのかもしれない。

優しく語りかける丸本に対し、浅葉は懐から何かを取り出した。

「それは、被告が友達にあげている……人形ですね」

取り出したもの――ホワイトマン人形を見つめる浅葉の姿に、丸本はたずねる。

「被告と友達になって……よかったですか」

「……あいつは！」

浅葉は勢いよく立ち上がると、背後に刑務官が控《ひか》えるホワイトマンを一瞥《いちべつ》したあと、持っていたホワイトマン人形を客席に突きつけた。

「俺の友達です！」

言葉を証明するように、強く掲げたホワイトマン人形。自分の意思をキッパリ告げた傍聴人浅葉の嗚咽が、体育館に響き渡る。

話はあくまで「カレーに何をかけるか」という他愛《たわい》ないものであったはずなのに、浅葉の迫真の演技が「好みや思想を超えた友情」を見せつけた。

甘利田が稽古中に言及した「ホワイトマンの唯一の理解者」という役回りを、浅葉は全うしたのだ。

観客が笑う機会は、確実に減っていた。

そしてついに、被告人・ホワイトマンが証言台に立った。次々と証人が発言する中、ホワイトマンはずっと無言を貫き、ニコニコと笑みを浮かべていた。証言台に立ったときも同じであり――普段の粒来のようでもあった。

弁護士は、改めてホワイトマンの弁護を引き受けるのが不安だったこと、この裁判はおかしいという自身の疑問を元に裁判に臨んだことを話した。証人たちの話を聞くことで、ホワイトマンの無実を信じられた、とも。だからこそ自分は質問せず、ホワイトマン自身の言葉を残したいと望んだ。

しかし、ホワイトマンは笑顔のまま何も言わなかった。それは裁判長から「一般常識を脅かし、人々を不安に陥れるという罪を犯した意識はあるか」とたずねられたときも、同じだった。

「……裁判長。何もないようですので、最終弁論に入ってもよろしいですか」

「被告人、いいんですね」

急《せ》かす検察官磯貝の声を受け、裁判長国生はホワイトマン粒来に念を押した。すると、弁護士丸本が立ち上がる。

「最後に聞かせてください！」

国生を一瞥し、自分の横まで歩み寄る丸本を、粒来はじっと見つめていた。

「あなたにとって……カレーとは、なんですか」

「……」

すぐには答えない。さらにホワイトマン粒来から笑顔が消え、何か思案するような顔つきになっていた。迷い、といってもいい。

「僕にとって……」

迷いが顔に現れたまま、粒来は口を開いた。

「……」

その様子を、甘利田と比留川はじっと見守っていた。

粒来は、何度か稽古中にアドリブで「粒来としてのホワイトマン」のセリフを言おうとしていた。だがその都度甘利田に止められ、ホワイトマン唯一のセリフをちゃんと言うよう注意されてきた。

今は本番。もし粒来が本当に言いたいことがあるのだとすれば、今しか機会はない。本番中に、甘利田が進行を止めることはないのだから。

一体どうするのか——比留川の顔にはその心配が滲んでいたが、甘利田はいつも通りの顔つきで、舞台を見据えていた。

永遠にも思える間のあと——ホワイトマン粒来は、再び満面の笑みを見せた。

「……カレーは、カレーです！」

明るい声が体育館に響くと、すぐに静まり返る。

粒来は、自分の役目を全うする——与えられたセリフを、きっちり言うことを選んだようだ。

すると粒来の横に立っていた弁護士丸本が、何かに気づいたように大きく頷いた。

「そうか……そうだったんですね」

「そろそろ最終弁論に」

「私からよろしいでしょうか」

検察官磯貝が先に進めようとするのを、丸本が遮る。裁判長国生が「構いませんが」と許可を出すと、丸本は一歩前に出た。

「今の被告人の言葉を聞いて、私も含めてここにいる全員が勘違いをしていたと気づきました。検察官、我々はカレーに何をかけるかの議論を、今までしてきましたね」

「その通りです」

「カレーという完成品から、発想をスタートしたわけです。しかし被告は違った。彼は、白いご飯をスタートラインにしていたんです。白いご飯から、発想をスタートしてみてください」

磯貝に向けつつも、観客にもしっかり顔を向けて語る丸本。下手までゆっくり進み、さらに続けた。

「カレーライスにするには、どうしますか」

丸本からの問いに答えるべく、磯貝はその場に立ち上がった。

「それは、まずカレーを……あ」

磯貝が目を見開いた直後、傍聴人たちがざわつき始める。

「そうです。かけるものは、カレーだけでよかったんです」

丸本は、下手側から裁判官たちへ歩み寄ると、そう主張した。

「……被告は、ただカレーが好きだった……近所の人は、登り棒したり、竹馬に乗ったり、皆と違う喜びを見つけるのが得意な被告のことを、『自分の世界で生きている』と言った。友人は自分のせいで被告が不利になったと泣いた」

それから、ホワイトマン粒来の前を通り過ぎて上手へ向かいながら、傍聴席、観客席に向けて、今までのホワイトマンへの証言を弁護士として丸本は振り返る。

最後に、足早に磯貝の前まで歩み寄った。

「被告は、社会の中で生きていないですか？」

磯貝を見据えたあと、すぐに丸本は観客席を大きく振り返った。その言葉は力強く、重い言葉であり、悲痛な叫びにも聞こえた。

――ホワイトマンは、確かに人々と違うことをする変わった人物だったかもしれない。だがそれは、自分の好きなことを探求し、挑戦《ちょうせん》していただけに過ぎない。そんな彼を見て、心動かされた人だっていた。ホワイトマンの思想や行動自体が、誰かに迷惑をかけたり、被害を与えたりしたわけでは決してない。

ただ作中の人物たちの多くが「カレーに何もかけないのはおかしいから」という、作中独自の「常識」に縛られていた。

　そのせいで「カレーがかかっていて初めてカレーになる」のだから、「カレーに何もかけないこと」そのものは、何もおかしいことではない――そう思うことが、できなかった。

　その凝り固まった「常識」が、ホワイトマンを「社会の悪」という、罪ある存在に仕立て上げようとしていたのだ。

　演劇ではあくまで「カレー」についてだったが――「凝り固まった常識」は、現実のどこにでも転がっている。

「……」

　自分の在り方を認め、主張してくれる弁護士の言葉を――ホワイトマン粒来は、ニコニコしたまま聞いていた。

　ホワイトマン本人もまた、「自分の思想を広げよう」といった目的はない。自分の興味の向くままに行動していただけだ。だからこうして笑うだけで、自己弁護も反論もしなかったのだろう。

「果たして彼は――人類の敵ですか？」

最後に語りかけるように静かに言うと、弁護士丸本はメガネのフレームを押し上げてから「以上です」と締めくくり、自分の席に戻っていく。

席につくと同時に、舞台は暗転——劇は、終幕した。

体育館内が、観客の拍手で埋《う》め尽《つ》くされる。白根澤や坂爪、等々力、途中不安そうにしていた比留川も、笑顔で拍手を送った。

「……」

しかし甘利田だけは、ただ黙って舞台を見つめていた。劇は無事に終わったはずが、まだ何か警戒しているような目つきであった。

少しして、体育館の明かりがつく。舞台には一年一組の面々が一列に並び、客席を見つめていた。彼らを称《たた》えるように、拍手は続く。普通なら、ここでお辞儀《じぎ》をして終わるところだが——

「あ、あの、あの！」

中央に立っていた全身タイツの男子生徒——粒来が声を上げた。拍手は自然と止み、台本にない動きをする粒来に、他の生徒たちから戸惑いの視線が集中する。

「ちょっといいですか」

「……」

粒来が続けると、甘利田はその場で立ち上がった。二人の視線が交差する。

その間に、照明が消え、粒来にスポットライトが当てられる。事前に打ち合わせていたとも思えないが、気の利く照明係だったのだろう。気が利いているのは生徒たちも同様で、いつの間にか粒来の後方に下がり、見守っている。

「僕は、皆さんと仲良くしたいと思っています。一緒に……おいしいカレーが食べたいです」

体育館内は、静まり返っていた。一度は終わった「ホワイトマン」の劇に、再び引き戻されている。

「皆さんが、僕を敵だと思うのは……とても悲しいです。だから、僕は無敵になりたいと思います」

笑顔で観客席に語りかける粒来。同じ舞台に立つ大半の生徒たちの顔には、戸惑いの表情が残っていた。こんなセリフは、演劇「ホワイトマン」にはないからだ。

稽古中に何度かアドリブを入れようとして止められていた粒来は、こんな形で「粒来なりのホワイトマン」を全うすることを選んだのだ。

「僕は、本当の無敵っていうのは……敵がいないほど強いんじゃなくて、誰とでも仲良くなって、敵なんかいなくなることだと思っています」

自分で考えた、ホワイトマンとしての粒来の言葉。稽古中に何度も遮られ、言葉そのものは変わっていたかもしれないが——ずっと、この言葉をセリフとして言いたかったのだろう。

そのセリフは、確かに観客に届けられた。

建前の笑顔や、社交辞令的な拍手を送っていた等々力の顔つきが、少し穏やかになっていた。町長再選のために、他の候補という「敵」と争わねばならない立場としては、思うところがあったのかもしれない。

それは、「給食は敵だ」と断じた、マルコも同じだった。

少し下がった位置で粒来の背中を見ながら、給食を敵だと思ってしまう自分と粒来の違いは、こういった考え方の違いなのかもしれない、とマルコは考えていた。

自分が、給食を敵だと思わないで済む日は来るのだろうか——胸を打たれ、動かされると同時に、そんな不安もよぎる。

そして、「生まれたときからずっと、敵がいる」と甘利田に言っていた比留川。さらに「敵を敵だと思っていないことが羨ましい」と述べたとき、比留川は「敵を敵として認識していない」程度のことだと思っていた。

しかし粒来の言葉は、形は違えど同じ「敵を敵だと思わないこと」だった。どちらにしろ、比留川にとって難しいことに変わりはないが——それでも、そう思えることそのものが羨ましく、素晴らしいことだと感じていた。

自分の言葉が、誰かの胸に刺さっていることなど知る由もない粒来は、「だから僕は……」と一歩進み出て、さらに続けた。

「全人類と、友達になりたいと思います」

会場全体を見渡して言い切る。迷いのない、明るい笑顔の粒来の姿を、誰もが真剣に見つめていた。

最後に「ありがとうございました！」と粒来が頭を下げると、再び拍手が起こった。浅葉と丸本が踏み出すのを合図に、他の生徒たちも粒来の横に並んだ。

笑顔の浅葉が、胸元から再びホワイトマン人形を取り出す。その動きを合図にしたように、一度暗転したあと、再び照明がついた。

ホワイトマンの、下手側隣には磯貝と浅葉が並んでいた。浅葉が笑顔で手を差し出すと、磯貝も手を伸ばし握手する。稽古時に喧嘩をしていた二人は、この瞬間初めて和解したらしい。本番では揉《も》めていたことをおくびにも出さなかったことを考えると、劇の成功を願う気持ちは、同じだったのかもしれない。

そんな状況を知る由もない観客席では、しばらく拍手が続いた。

鳴り止まぬ拍手の中、等々力はその手を下ろしていた。先ほど浮かべていた穏やかな表情は消え、無理やり押し込めたように無表情になっている。その様子に気づいた白根澤も、手を下ろした。支持する町長が拍手を止めたのなら、倣うべきと思ったのだろう。

反対に、比留川は立ち上がって拍手を送っていた。瞳を少し潤《うる》ませながらも、祝福の笑みで生徒たちを見上げる。

最初に立ち上がった甘利田は、鳴り止まない拍手の中、その場に立ち尽くしていた。

比留川は、ホワイトマンと甘利田がそっくりだと称したが、それは少し違う。「ホワイトマン」という「人物」ではなく、「ホワイトマン」という「台本」そのものに、甘利田の経験が詰まっているのだ。激情に任せて書ききった甘利田に、その自覚はほとんどないが。

凝り固まった常識に囚《とら》われた昔の自分と、その常識を打ち破られ、ときに見失っていたことに気づかされた、かつてのライバルと共に給食道を歩んだ日々。

その集大成が、「ホワイトマン」という台本だった。

そんな台本にあった、最後の「人類の敵であるか」という問いかけ。甘利田が様々な経験をし、変化していく中でも残った言葉だった。

それに対し、粒来は「敵であるか、敵でないか」を決めるのではなく——「敵そのものがいなくなればいい」という一つの答えを示した。

自分ではたどり着けない粒来らしい答えに、甘利田は妙に納得していた。

ずっと続く拍手の中、ようやく一年一組が全員揃ってお辞儀をすることで今度こそ、演劇「ホワイトマン」は終わりを告げた。

　学芸会が終わり、片づけを済ませた生徒たちから順番に舞台袖から出ていく。教室に着替えを置いてある者もいれば、舞台袖で脱ぐだけで済む生徒もいる中、粒来は全身タイツを脱ごうとしているところだった。

　上半身を脱ぐと、白のタンクトップが現れる。舞台袖は人の気配も少ないので寒さが厳しく、肩を抱いて寒さに震えた。

「……粒来」

　そこに、甘利田が現れた。舞台袖につながる階段を上がり、粒来の前まで歩み寄る。またも額がぶつかりそうなくらいの距離で粒来を睨みながら、続ける。

「台本通りやれと言ったはずだ」

「自分に与えられた役を全うしてみました」

　奇《く》しくも、この言葉は甘利田が粒来を「給食におけるライバル」と意識し始めるきっかけとなったときと、同じ言葉だった。

「お前は給食だけじゃなく、芝居《しばい》までアレンジするのか」

「先生が、悔いのないようにやれって言ったから」

「……」

「僕、悔いはありません」

圧の強い甘利田からの睨みに対しても、粒来は満足げに笑って言い切った。

粒来は、劇中でのホワイトマンのセリフは変えなかった。演じきった上で追加することを選んだのは、甘利田の指示を無視したかったわけでも、反抗したかったわけでもなかったからだ。

付け加えられたホワイトマンとしてのセリフと、目の前で笑う粒来の姿が、甘利田にそんなことを思わせた。

粒来もまた、かつてのライバルと同じように――自分のさらに先を行く者であることを、甘利田は見せつけられた気がしていた。

一方、体育館の客席。学芸会が終わり、体育館内はざわついていた。熱気冷めやらぬ中、席を立つ者は皆無だ。

「……」

しばらく何か考え込んでいた様子の等々力が、表情を引き締めて立ち上がった。白根澤もそれに倣い、体育館をあとにしようと歩き出す。遅れて坂爪も席を立った。

「町長、ありがとうございました」

頭を下げる坂爪を前に、等々力たちは足を止める。

「坂爪校長、確かに甘利田先生は……シンプルな人のようだ」

開演前の自分の言葉を肯定する等々力に、坂爪は嬉しそうに「はい」と頷く。しかし等々力の表情は曇っており、どこか遠くを見ているようだった。

「ただ、世の中は……そんな単純には、できていない」

同意するように、白根澤も頷いた。神妙な表情になっている坂爪を、等々力は改めて見据えた。

「……だから苦労してます」

真剣な顔で言う等々力に対し、坂爪は黙って会釈した。その苦労を、坂爪なりに汲《く》んでいるのだろう。それを見た等々力は、苦笑しながら歩き始めた。その後ろを、「じゃあね」と坂爪に挨拶した白根澤が続く。

二人の後ろ姿に、坂爪はもう一度深く頭を下げるのだった。

学芸会が無事終了したあとの、校長室――甘利田は坂爪の元を訪れ、応接セットのソファに腰を下ろしていた。

その手には、いつものシュガーポット。器を傾け、坂爪に淹《い》れてもらったコーヒーに、砂糖をぶち込んでいる。カップ半分ほどだったコーヒーが、縁のギリギリまで嵩《かさ》が増える。

外はいつのまにか吹雪《ふぶ》いており、雲が多いはずの窓の向こうがやけに明るく見える。校長室は暖房が効いているので、寒がりの甘利田もコーヒーを混ぜるのに集中していた。

「いやー、よかったよかった。今年の学芸会は、大成功ですね」

言いながら自分の分のコーヒーカップを持って来た坂爪は、甘利田の向かいに座ると一口飲んだ。甘利田も、ズズズッと砂糖たっぷりのコーヒーをすする。

「……町長さんも、少しはわかってくれたかな」

どこか遠くを見ながら言う坂爪の言葉は、独り言めいていた。故に、甘利田はこの言葉に対しては何も言わず、タイミングを計る。

坂爪がもう一度コーヒーを飲もうとしたのを見て、甘利田は「……あの」と声をかけた。

気づいた坂爪は顔を上げると、無言で続く言葉を待つ。

「お聞きしたいことがありまして」

「なんでしょう」

「先日の、忍川亭ですが……あのとき、何がありましたっけ？」

すると坂爪は、「え、何がって」と歯切れ悪く言いながら笑った。

「お怪我《けが》をされていたようですが」

「ああ……あれは、だって……ほら」

何とも言いづらそうにしている坂爪は、一度コーヒーカップに口をつける。それから、先日の忍川亭で何があったかを語り始めた。

時間は遡《さかのぼ》り——甘利田たちが等々力に招待されてやってきた忍川亭で、甘利田が酒を飲み、記憶を飛ばしていた間の出来事だ。

「……」

甘利田は、正座をしたままじっとしていた。

町長として、給食完食モデル校に関する話が済んだ等々力はすでに退出しており、彼がいた場所には白根澤が座っている。木戸は白根澤がいた場所に移動していた。比留川は眠そうな顔で座卓に肘を突き、お猪口のお酒をあおっている。坂爪だけは、特に変化がない。

「いやあ、話がまとまって良かったですね。当日ね、テレビが入るんでよろしくお願いしますよ」

「お任せください」

酔った白根澤が大きな声で言うと、木戸も酔いのせいかヘラヘラしながら白根澤に徳利を傾け、お酌する。

「あ～、比留川先生もこう、おめかしして……」

上機嫌で白根澤が話しかけると、比留川は突然バンッと座卓を叩いた。大きな音と、その音を出したのが比留川という事実に、空気が凍りつく。

「……これって結局、次の選挙へのアッピール……ってことですよね」

比留川の目は据わっており、「アピール」のイントネーションもおかしい。先ほどから酒をあおり続けていることを考えれば、相当酔っぱらっているのだろう。

白根澤の顔が、露骨に不機嫌になる。坂爪が「比留川先生」と声をかけて制止しようとするが、比留川は止まらなかった。

「生徒使って理解のある町長に見せようなんて……へへへ、やり方がセコくないですかぁ」

「なんだとぉ！」

普段の比留川からは想像できない、妙に陽気かつ煽るような言葉に、白根澤は立ち上がりそうになる。しかし木戸と坂爪が両側から肩をつかんで抑える。

「すみません、酔ってるみたいで」

言いながら、木戸は気の抜けた笑顔で比留川を指さす。一瞬空気が和んだが、すぐに比留川の表情が引き締まり、白根澤を睨みつけた。

「給食がどうしても食べれなくて、必死になってる生徒だっているんですよ！　それを残食残食、ってバぁカの一つ覚えみたいに。You are stupid!（お前はバカだ！）」

比留川は、最後には白根澤を指さし、さらに煽った。直接的な侮辱《ぶじょく》の言葉は英語にするだけの分別があったのか、本音だからこそ慣れ親しんだ英語になったのかはともかく。

比留川が等々力の政策と、それを支持する自分をバカにしていることは、しっかり白根澤には伝わってしまった。

「ふざけんな！」

ついに白根澤は木戸と坂爪の制止を振り切ると、比留川を睨みつけて叫ぶ。そしてその視線は比留川の隣――甘利田に向いた。

「おい、お前この女の教育係だろう！　何とか言えよ！」

白根澤が言った瞬間――ゴスッ、ゴスッ、という音が座敷内に響いた。

その音の主は――甘利田だった。握った拳を、座敷の畳に叩きつけている。しかも最初は普段より穏やかな表情をしていたのが、ゴスッと一撃を加えた瞬間に、眉間に皺を寄せたいつもの厳めしい表情に戻る、というのをくり返している。かなり不気味だ。

当然このときのことを、甘利田は一切覚えていない。だが実は、甘利田は無意識に何かに耐えていた。意識を飛ばしてしまっても、お酒を飲んだことで起こりえる失敗を阻止《そし》しようとしたようだ。

そんな謎の状態の甘利田を、白根澤と木戸が真顔になって見ている。「あ、甘利田先生……」と坂爪が声をかけるが、無反応。

「なんだよ……なんか、文句あるのかよ！」

戸惑いが怒りに変わったらしい白根澤は、言いながら手元にあった割り箸を甘利田に投げつけた。その言動で酔いが覚めたのか、木戸が白根澤の両腕をつかむ。坂爪も白根澤に手を添え、控えめに木戸へ加勢する。

「白根澤さん！　暴力はいけません！」

「お前らがそういうことを言うから、今の子供がつけ上がるんだよ！」

木戸が言葉でも止めようとするが、白根澤は強引に二人の腕を振り払い、拘束を解く。しかし酔っている比留川は怯まない。

「お前って誰だよ、この……タコ社長！」

叫ぶと同時に、比留川は持っていたお猪口を大きく振りかぶって投げつけた。白根澤が小さな動きで避けると、白根澤を捕まえていた木戸の額にぶつかる。コンッと軽い音を立ててから、お猪口は畳に転がった。

打ち所が悪かったのか、お酒の影響もあってか、木戸は白目を剝いて後ろに倒れる。

「比留川先生、モノ投げちゃダメ！」

坂爪が言うも、比留川は止まらない。今度は枝豆が入っていた器を持ち、「くらえー！」と声を上げて投げた。気づいた坂爪は、白根澤を庇《かば》うように比留川に背を向ける。

短い白髪で地肌の色が見える坂爪の後頭部へ、見事に激突。坂爪もその場に倒れた。

代わりに白根澤の背後で木戸が起き上がったが、立て続けに人が倒れる姿に動揺する白根澤は気づかない。すぐに怒りの矛先《ほこさき》は比留川に向いた。

当の本人は、器を投げた体勢のまま座卓に突っ伏し、「してやったり」とばかりに笑っている。その表情が、白根澤の怒りをさらに燃え上がらせる。

「この野郎……」

「白根澤さん、お開きにしましょう」

木戸がもう一度白根澤の肩をつかむが、白根澤は強引に立ち上がろうとする。「ふざけんなこの野郎！」と叫ぶと同時に、木戸は白根澤の腋の下に腕を入れてあえて立ち上がらせた。そのまま白根澤を強引に引《ひ》き摺《ず》って引き戸に向かう。

すると、この騒ぎを聞きつけた仲居がタイミングよく引き戸を開けてくれた。「大丈夫ですか⁉」と焦った声を上げた仲居は、白根澤を連れ出した木戸のあとを追うのだった。

その間、比留川は手元にお猪口がなくなったので、徳利から直接お酒をあおる。だが残り僅かだったらしく、最後の一滴まで飲み干すようにズズズと音を響かせる。隣の甘利田は、なおも畳に自分の拳を叩きつけていた。

しばらく、座敷の中にゴスッゴスッという音だけが響く。

「……？」

その重く不穏な音がくり返されるうちに、比留川の酔いがだんだん覚めてきた。身を起こし、お酒による眠気で重かった瞼《まぶた》をこする。そして今、甘利田のこの行動に気づいたかのように、声をかけた。

「……甘利田先生？」

直後、甘利田の拳の動きが止まった。どこか疲れたような声で「はい」と返事をする。

今この瞬間——甘利田の「失敗につながる何か」を無意識に制止していた「拳の痛み」が消えたことになる。

甘利田の状況などまるで知る由のない比留川は、まだ酔いの残ったふらついた動きで畳に手を突いた。

「帰りましょうか」

その言葉にも同じように「はい」と甘利田が答えると、笑顔になった比留川は「よいしょ」と座卓に片手を突いて立ち上がった。

比留川と違い、甘利田は両手を突いてゆっくり立ち上がるが——足が座布団の上で滑り、もつれる。そのまま全身から力が抜けた甘利田を、「わっ！」と比留川が慌てて抱き留めた。

「大丈夫ですか⁉」

甘利田は比留川の腕で支えられながら、腕を伸ばした状態で仰向《あおむ》け……エビ反りのような体勢になっている。

「さすがに……受け止めるの……うまいですね……」

酔いが回っているせいか、か細い声で言う甘利田。言っている意味がわからず、「はい？」と返しながら、比留川は甘利田を起こそうと腕を引くが、びくともしない。

「毎朝……ラブレターの雪崩を、受け止めているだけ……ある」

「だから、その妄想は何なんですか……」

比留川が困ったような声を上げると、甘利田は比留川の支えを利用して、素早く跳ね起きた。しっかり立ち上がると、比留川に顔を近づける。一瞬の出来事に、比留川は声も出ない。

「私も……先生のことを、近くで見ていたいと思っています」

低く、だがどこか甘い響きを持って、甘利田は囁《ささや》きかける。目を見開きながら、比留川はゆっくり顔を上げた。

「それくらい……先生のことを、大事に思っています」

そう続ける甘利田と比留川は、じっと見つめ合っていた。比留川の顔からは、完全に酔いが消えている。

「私だって……甘利田先生のことを……」

比留川がそこまで言うと、ふと甘利田の視線が別の方向を向いた。つられて比留川も同じ方向に顔を動かす。

「……」

その先には、いつの間にか起き上がっていた坂爪が、気まずそうに二人を見ていた。

坂爪から忍川亭の話を聞き終わった甘利田は——応接セットのソファから転げ落ちた。

実際には応接セットからだいぶ離れた床にまで転がったので、吹き飛ばされたといっても過言ではない。それほどまでに、甘利田の受けた衝撃は強かった。

「あのあと、二人は急接近するのかなって期待してたら……そうでもないし。一体どうなってるんですか？」

楽しそうに笑う坂爪に対し、甘利田はようやく起き上がった。しかし立ち上がれないまま、メガネがずり落ちた状態で答える。

「……どうもなってません」

「またまたぁ。隠さなくたっていいじゃないですか」

まったく人の気を知らない坂爪のニコニコした顔を、甘利田はカタカタと身を震わせながら見上げていた。

ようやく、飛んでいた記憶の中の出来事が判明したわけだが、予想外の——いや、ある意味では予想していたようなことになっていた。だからなるべく、酒席を避けたかったのだ。

比留川に対して、何も思うところがない——とは言わない。教育係として、比留川の変化には驚かされることも多かった。変化した彼女から言われたことが、甘利田の心を動かす瞬間だってあった。

だが、甘利田は比留川にあんなことを言いたかったわけではない。本音が少しもないとは言わないが、「それを比留川に言おうと思ったこと」は一度もないのだ。

また大変なことになってしまった——甘利田は、イカメシにつられて宴席に参加し、酒を口にしたことを改めて後悔するのだった。

メニュー四
おいしくない給食

記憶が飛んでいた間の出来事を、甘利田が知った――その翌日。

この日は、しっかり雪が降っていた。まだ降り始めでそれほど積もってはいないが、傘がないと全身が雪まみれになってしまうような朝だ。

「おはようございます！」

耳当てとコートで寒さ対策バッチリの比留川は、いつものように生徒たちとハイタッチを交わしながら挨拶していた。隣では、この雪の中でもジャージ姿の木戸が元気にハイタッチをしている。木戸は寒さに強いらしい。

「……」

その様子を、甘利田はいつもの定位置から見つめていた。雪が降っていても、校門前の挨拶時はコートを脱ぎ手袋もしない。ジャケットとスラックスだけでは相当寒いが、今はそれどころではない。

「……」

比留川が甘利田の視線に気づいた。だがさりげなく視線を前に戻すのを見て、甘利田も切り替えるように前を向いた。

（色々気になるが……集中だ……そう、今日は大事なカレーの日）

と給食に意識を向けようとするが、登校してくる生徒たちへの挨拶や、指導にやはり身が入らない。傘を持ってぼんやり立つ中——見覚えのない大人たちが「おはようございます」と挨拶をしながら校門を抜けていく。

大きなカメラを担ぎ、ガンマイクを抱えて通り過ぎる彼らの腕には、テレビ局関係者を示す腕章があった。だが甘利田は挨拶を返すこともせず、ぼんやりしたままであった。

職員室での朝礼が終わり、教室に向かう途中。甘利田と比留川が配膳室の前を通ると、作業中だった牧野が「あ」と声を上げて歩み寄って来た。

「ちょっと先生。今日の給食、あれどういうことなんですか？」

前に立ち塞がってくるので、自然と足を止める。不思議そうにしている二人に、牧野は続けた。

「一組だけ、特別メニューっていうの」

「確か……今日は、カレーと聞いていたような、聞いていないような……」

「先生が大好きな、カレーの日」

誤魔化すような物言いの甘利田に、牧野は容赦なく笑顔で言い切る。

「べつに……好きでは、ありませんが……」

隣にいる比留川をちらりとうかがいながら、歯切れ悪く付け加える甘利田。普段の堂々とした否定とも違う態度に、牧野が首を傾げる。すると比留川は、急に何か思い出したように「あ」と声を上げて続けた。

「今日は、等々力町長と一緒に食べることになってまして」

「ああ、それで、テレビの人とかがウロウロしてるのね」

廊下の前後をうかがいながら、納得した顔を見せる牧野。現在は近くにテレビクルーの姿はないが、すでに校内で見かけていたのだろう。

「それで、特別メニューというのは？」

すかさず甘利田がたずねる。様子はおかしいが、給食への興味は尽きない。しかも「特別メニュー」と言われればなおのこと。

「それがね、あとから別便で届くらしいのよ。でも町長が一緒だったら、すんごいメニューかもしれないわよ」

特別メニューの詳細を知らない牧野だが、妙に自信満々である。甘利田は「すんごいの……？」と期待に満ちた目で牧野を見た。

「一組だけ……ハンバーグステーキカレー、だったりして」

少し考え込む仕草を見せてから、「これだ！」とばかりに牧野は述べる。瞬間、甘利田の顔が驚愕《きょうがく》に染まる。

（ハンバーグ……！）

そして脳内には、アルマイトの平皿に白米、具がゴロゴロ入ったカレーの上に、ドカンッと派手に拳大のハンバーグが落下してくる映像が流れた。

「……それは……確かですか……？」

「当てずっぽうよ。でも、特別って言ってるんだから、あり得るでしょ？」

夢《ゆめ》うつつの状態の甘利田の問いに、牧野の自信は揺らがない。それが後押しになったのか、甘利田は「まいったなぁ……」とか細い声と共に、一歩踏み出した。頬を緩めた顔は、完全にその気になっている。

甘利田が先ほどまでずっと気にしていたはずの比留川に、「先生？」と呼びかけられてもまったく耳に入っておらず、廊下をゆっくり進んでいくのだった。


期待に胸を膨らませたまま、給食の時間がやってきた。

すでに「一年一組だけ特別メニュー」という情報は生徒たちにも知れ渡っているようで、給食を取りに行く給食係は、慌てながらも笑顔で教室に運び込む。

もちろん、教室でも盛り上がっていた。黒板には、「等々力町長 ようこそ、忍川中学校へ」と色とりどりの文字で書かれ、生徒たちによるイカや魚などのイラストも添えられていた。

等々力町長が来たからこその、特別メニュー。その響きへの期待から、配膳台に給食缶や鍋などを並べ終わる前に長い列ができていた。甘利田も期待を抑えられず、先頭に並んでしまうくらいであった。

誰もまだ、中身を見ていない。給食係であっても、開けるまではわからない。列に並ぶ生徒たちは、甘利田も含め、期待に満ちた目で配膳台を覗き込んでいた。

(あるのか……ハンバーグステーキ……早く開封しろ！)

後ろの生徒に押されながらも、視線は配膳台に釘《くぎ》づけだ。期待を一身に背負った給食係たちは、嬉しそうに目配せしながら、息を合わせて同時にフタを開けた。

そこに、ハンバーグの姿はなかった。

ハンバーグどころか——本日の本来のメニューである、カレーの姿すらなかった。

配膳が終わり、甘利田は肩を落としてトレイを呆然《ぼうぜん》と見つめていた。落胆の色を隠しきれない中、テレビクルーから「本番五秒前！」と声がかかり、甘利田は顔を上げる。教室には、いつの間にか複数人の大人——テレビクルーや、カメラを構えるカメラマンや新聞記者たちの姿があった。

配膳台の前にも、肩にカメラを担いだクルーと、ガンマイクを教室出入口側に向けているクルーがいる。甘利田の席の近くに立つクルーが、「四、三……」と続け、二秒前からは指でカウントダウンする。

クルーから最後に手で促されたのは、教室出入口の傍に立つ女性だ。ハンドマイクを持つところを見ると、レポーターのようだ。

「それでは、等々力町長入られまーす」

その言葉の直後、レポーターの背後の引き戸が開かれた。

「はい、どーもどーも。等々力でございます。皆さん、こんにちは」

等々力は秘書の女性と連れ立って、配膳台の前に進み出た。テレビクルーは等々力の動きに合わせて移動していく。カメラの死角から、しんと静まり返る生徒たちに向けてクルーが拍手のジェスチャーをする。次第にその動きが激しくなったところで、生徒たちがようやく気づき、まばらに拍手が起こった。

「よろしくお願いします」

等々力が明るい声で言うと、生徒たちも「お願いします……」と会釈しながら返した。

しかしそこに、元気はない。

等々力は、すでに用意されていた比留川の後ろの席に腰かけた。等々力の視界に入らない、背後の生徒たちは恨みがましい目で見ているが、気づく気配はない。

だが——等々力をじっと見ている甘利田は、別である。眉間に皺を寄せ、恨みつらみを隠そうともしない甘利田の視線に気づいた等々力から、笑顔が消えた。同時に、挑むような視線を返してくる。

日直が前に立ち、「手を合わせてください」と声をかける。その声にも力はなく、諦めきったような表情をしていた。ちなみに、給食前の校歌斉唱は、テレビ撮影の関係で省略された。

手を合わせる音が響き、声を合わせて「いただきます」と日直が続けるが——いつものように続ける生徒はかなり少ない。一番声が大きかったのは、等々力だった。

カシャカシャ、とカメラのシャッターが切られる音が、静かな教室内にやけに大きく響く。生徒たちはうんざりした顔で、トレイを眺めていた。

「……いただきます」

皆に遅れて、甘利田は一人、誰にも聞こえないような小声で呟くと、合わせていた手をメガネに伸ばし、外す。

（主食はコッペパン。サイドに塩鮭《しおざけ》と千切《せんぎ》りキャベツ。お吸い物……）

トレイ左側に置かれているコッペパン。普段の給食にも出てくるが、見覚えのある姿とは明らかに違う。その理由は、皺の多さだ。水分が失われ、乾燥《かんそう》しているように見える。

中央にあるのは、アルマイト製の平皿に載った千切りキャベツと塩鮭。ドレッシングやソースといったものがかかっておらず、マヨネーズの小袋もない。塩鮭の切り身は小さく、見るからに身が硬《かた》そうに思えた。

右手側下には、わかめと豆腐《とうふ》の浮いた汁物。いつも瓶牛乳が鎮座しているトレイ右上には、お吸い物の入ったお椀よりも少し小さな器が置かれている。中身は一見すると、牛乳と同じ白い液体だ。

（そしてこれが、噂に聞く激マズ飲料……脱脂粉乳《だっしふんにゅう》か）

その正体を察した甘利田は、ただでさえ下がったテンションに追い打ちをかけられたような気持ちになっていた。

（なぜこれを食わせる必要がある……俺のカレーを返せ！）

恨みを込めて等々力を睨み、立ち上がろうとするとガンッ、と机に膝をぶつけた。瞬間、一斉にカメラが甘利田に向けられた。

（……撮られている）

カメラから顔を背け、甘利田は諦めて椅子に座り直した。甘利田は大人しく、目の前の給食にチャレンジすることにした。

まず手に取ったのは——脱脂粉乳の入った器だ。両手で持って鼻に近づける。

（う、ああ……！）

匂《にお》いを嗅《か》いだ瞬間、甘利田は顔を顰《しか》めて器を顔から離した。元は同じ牛乳の匂いが、何倍にも強烈になって甘利田の鼻を突いた。

（なんたる乳臭《ちちくさ》さ！　昔は、これを飲んでいたのか……確か、脱脂粉乳とは、読んで字のごとく牛乳から脂肪分《しぼうぶん》を抜いたものだ。その分、栄養素が濃縮されており、身体にいいと

……言っていたような)

脱脂粉乳の蘊蓄《うんちく》を内心で述べながら、「身体にいい」という情報だけを頼りに、口に含む。

(コクが……ない)

予想していた通り、脂肪分から生まれる味わいがないことに、ガクリと肩を落とす。

(牛乳の良さを一〇〇倍に希釈したような飲み物。それでいて、匂いだけは強烈なので、違和感しかない)

未来の脱脂粉乳は、スキムミルクとも呼ばれている。輸送方法も製法もかなり変わっているので、この頃の脱脂粉乳とはだいぶ味わいも違うのだが——今の甘利田が、そんなことを知る由もない。

(これは、無理だ……)

絶望を感じる中、甘利田は生徒たちの様子が気になって教室を見渡した。皆、脱脂粉乳のまずさに呻《うめ》き声《ごえ》を上げ、顔を顰めていた。マルコに至っては吐き戻しそうになっている。粒来さえも、鼻をつまんで飲んでいた。

(さすがに……奴も、キツいか)

甘利田が見守る中、粒来は一度器から口を離し、苦しそうにしながらも再び鼻をつまんで飲み始めた。

（だが、何とか給食を全うしようとしている。よし、私も……負けてられん）

気合いを入れ直した甘利田は、先割れスプーンを手に取った。

ちょうどそのとき、等々力が教室を見渡しながら口を開く。

「昔の子供は、毎日これを食べていたんだよ。身体にはこのほうがいいんだから、残さず食べよう！　ね！」

明るい声で、笑顔を向けながら呼びかける。生徒たちは等々力に顔を向けるが、皆不満そうである。等々力の前に座る比留川も、同様だった。

それに気づいているのかいないのか、等々力は甘利田のほうを手で指し示す。

「ほら、見てみなさい。先生は頑張って食べてるよ。みんなも頑張って！」

立ち上がった等々力は拳を握り、わざとらしい大きな動きでガッツポーズを見せる。

「子供は、モリモリ食べて、大きくならなきゃな！」

両方の拳を握り、「モリモリ」を強調する等々力に、記者の一人から「町長、こちらにも目線お願いします」と声がかかる。等々力は笑顔で応えた。

その一方で――生徒たちの視線は、等々力ではなく甘利田に注がれていた。

先割れスプーンを手に取っていた甘利田は、塩鮭に先端を突き刺そうとするが、硬すぎて刺さらない。両手の力で刺してようやく刺さった塩鮭を切り、口に含む。

想像を超える塩辛さと、口に入れてもやっぱり硬い食感に顔を顰めると、塩気を中和するためにコッペパンを齧《かじ》る。口に広がる塩辛さは和らいだ反面、口内の水分が奪われた。

（パッサパサのパン、塩の塊《かたまり》のようなカッチカチの塩鮭……何もここまで忠実に再現しなくてもいいだろうが）

今の甘利田たちと当時では、様々な状況が違う。食糧事情的に、食べられるだけで「ありがたい」と思うこともあっただろう。味覚そのものも個人差があるので、「おいしい」と思って食べていた者もいたかもしれない。しかし甘利田にとっては、受け入れがたかった。

もう一度塩鮭を先割れスプーンで頑張って砕《くだ》き、口の中でさらに細かくする。塩辛さを少しでも薄めようと、お吸い物をすべて流し込む。お吸い物の味は薄いのだが、おかげで目論見《もくろみ》は成功した。豆腐とわかめも、塩辛さを中和するのに一役買っている。

今度はコッペパンをちぎって食べる。口内の水分を吸い上げられるが、そこは千切りキャベツで凌《しの》いだ。ただの千切りキャベツが、口内が乾いているためかやけに瑞々《みずみず》しく感じられたのだ。

それでも続く口内の渇きを、残った脱脂粉乳で潤す。しかし匂いの強さだけは耐えられないので、鼻をつまんで飲み干した。

おいしくない給食を食べ切った甘利田は、背もたれに倒れる。

（今日は……仕上がりとは、ほど遠い出来だ……）

達成感よりも疲労ばかりを感じる甘利田だったが——ふと、香ばしい匂いがしていることに気づいた。メガネをかけ、匂いの元を見る。

ストーブの傍らに立つ粒来が、鉄板に網を載せてコッペパンを焼いていた。真剣な表情で、じっとコッペパンを見つめている。

（あ、あいつ……やりやがった）

甘利田が粒来の行動に気づいたのに少し遅れて、等々力の視線も粒来に向いた。

「ちょっと君、何やってるんですか？」

等々力に声をかけられても、粒来の視線はコッペパンから離れない。等々力がさらに「おーい」と呼びかけても、一切反応を見せなかった。

「そんなことをやってはいけない。食べ物は玩具じゃない。戻しなさい」

見かねた等々力が立ち上がる。声音は優しいが、有無を言わせぬ雰囲気だ。それでも、粒来は等々力のほうに一瞥もくれない。

テレビクルーや記者たちに目配せし、等々力は席を離れた。カメラマンやガンマイクを持ったクルーたちが場所を空けると、配膳台前で振り返る。

「毎日の給食は、感謝して食べなきゃバチが当たる。遊んで食べるなんて、言語道断《ごんごどうだん》です」

教室全体に向けて力強く主張する等々力に対し、生徒たちの反応はない。

「そうですよね、先生」

付け加える等々力だが、甘利田もまた反応を見せず、粒来をじっと見ていた。

「……粒来」

甘利田が声をかけると、ずっとコッペパンを見つめていた粒来が顔を上げた。二人の視線が交わる。

「……はい」

「そのあとは、どうする？」

粒来に問うた瞬間、等々力は「はあ？」と呆れを隠そうともせず声を上げた。

反対に――粒来は、満面の笑みを浮かべた。焼いていたコッペパンを手に取り、自席に戻る。

「ちょ、ちょっと君！」

等々力が声をかけても無視して、粒来は先割れスプーンでコッペパンに切り込みを入れていく。元々パサパサだったコッペパンが、焼いたことでさらに水分が飛び、キレイに裂けた。

作った溝にキャベツの千切りを敷き、その上に銀鮭を載せて挟む。その行動を、教室中の生徒たちが見ていた。

「……あれなら、食えるか」

そう呟いたのは、浅葉だった。近くにいた国生たちが、浅葉を振り返る。頷き合い、皆がトレイに向き直ろうとしたとき——粒来が立ち上がった。教室を見渡しながら続ける。

「みんな、グループで食べよう」

「な、何を勝手なことを……」

「そのほうが、絶対おいしいです」

等々力が口を挟むが、構わず粒来は続けた。普段ニコニコしている粒来にしては珍しく、真剣な顔をしている。

「——無敵になれます」

そう締めると、粒来は机を横に向けた。すぐに浅葉からの「よし、やろうぜ」という声を合図に、皆が一斉に机を動かし始める。「ちょっとちょっと、君たち！」と配膳台の前であたふたする等々力を、生徒たちは誰も気にしない。等々力が座っていた席の机も、移動されている。

次々と、テレビクルーや秘書たちが教室を出ていく。状況が変わったため、このあとの取材をどうするか、一度相談しに出て行ったのかもしれない。

教室に残っている外部の人間は、等々力だけになった。

粒来が「グループで食べよう」と呼びかけたとき——マルコは、ワクワクしていた。直前までは、普段から苦手だった給食がさらに食べにくくつらいものになっていて、絶望的だったのに。

「……」

視線を感じて隣の席の比留川と目が合う。等々力が喋るたびに不満そうな顔になり、マルコが吐きそうになっていたときは心配そうだった比留川は、微笑みながら頷いた。

まるで、自分の中に湧いたワクワクを、肯定してくれているかのように。

浅葉の声と同時に机を動かして席に着くと、早速コッペパンと先割れスプーンを手に取る。同じグループにいる世戸口や比留川も、コッペパンに切れ込みを入れていく。

切れ込みを入れるのはいいとして、そのあとどうすればいいのか。同じグループの生徒たちの動向をうかがうと、すでにキャベツを詰め込んでいる女子生徒がいた。思わず「え、早い」と呟くマルコ。隣を見ると、比留川も先割れスプーンでキャベツを詰めようとしているところだった。

「先生も入れるの？」

「うん」

そう話す二人は笑顔だった。それを見ていた世戸口や、他の生徒たちも。マルコは今まで、給食の時間に笑顔を見せることはなかったが――普段と違うマルコを、グループの皆はそのまま受け入れてくれた。

今日の給食は、おいしくない。単にマルコが苦手な食材だったからというだけではなく、普段以上においしくない給食なのだということは、皆の反応でマルコも理解していた。

だが今は、皆で一緒に作っている「魚をパンに挟んだもの」――「塩鮭ドッグ」がどんな味なのか、マルコはとても気になっている。

どれくらいの切れ込みを入れればいいのか。キャベツはどれくらい入れればいいか。塩鮭はこのまま挟むべきか、ほぐすべきか――といったことを話しながら、「塩鮭ドッグ」を製作していくマルコ。

このとき――マルコは、学芸会で台本になかったセリフを口にした粒来の言葉が、なぜ自分の中に響いたのか、少しだけわかった気がした。

ずっと拭えなかったはずの「給食は敵だ」という気持ちを、忘れていたからだ。

マルコや他の生徒たちも各々「塩鮭ドッグ」を作る中、最初に作り終えたのは――やはり粒来だった。

中央に身と皮がしっかり見える形で塩鮭を配置し、その前後から千切りキャベツが姿を見せる。「ドッグ」としてはしっかり整った形をしていた。

両手で「塩鮭ドッグ」を持ち、いつでも食べられる状態にした粒来は――甘利田を見た。

その顔は真剣でかつ、次の指示を待つようであった。

「――行け」

同じように真剣な目で見つめ返していた甘利田は短く、強く、そう答えた。粒来は頷くと、一度片手を「塩鮭ドッグ」から離して、腕を締めた。甘利田が気合いを入れ、全力で給食を楽しむときと、同じように。

大口を開け、両手で支えながら「塩鮭ドッグ」を頬張る。その頃には、他の生徒たちも続々と「塩鮭ドッグ」が完成し、食べ始めていた。マルコも、笑顔で「塩鮭ドッグ」にかぶりついている。

「そんな子、昔は一人もいませんでしたよ！」

一瞬で流れが変わった教室に放心していた等々力が我に返り、生徒たちに声をかけて回る。しかし、等々力に目を向ける者はいない。皆笑顔で、楽しそうにお喋りしながら「塩鮭ドッグ」を食べていた。

「いいか、玩具じゃないんだ！　遊びながら食べない！」

叱りつけるような声には、焦りが滲むが、教室の空気は一向に変わらない。この空気の原因は誰か――等々力は、粒来の元へ歩み寄った。

「いい加減にしろ！」

食べていた粒来の「塩鮭ドッグ」を奪い取り、怒鳴る。粒来、そして同じグループの生徒たちが、その声と行動に怯《おび》えたように動きを止めた。

瞬間——金属製の何かが、激しく床に叩きつけられるような音が響く。教室が一気に静まり返り、音に驚いた等々力が振り返る。

音の主は、甘利田だった。机を叩いた拍子に、トレイごと器が床に落ちたのだ。もちろんすべて食べ終えているので、床に食べものがバラまかれることはない。

「子供が……まだ食ってる途中でしょうが！」

等々力以上の、真剣故に威圧感のこもった甘利田の怒鳴り声が響く。

この言葉は、一九八〇年代に放映された、北海道を舞台にした「北の国から」というドラマの、有名なセリフと同じものだ。甘利田もこのドラマを見ていたのかもしれない。言葉の元がドラマのセリフだと思えば、借り物の言葉であるおかしさや笑いが込み上げてきてしまうものだが——等々力は、完全に気圧《けお》されていた。「子供が食べているものが奪われようとしている」という、今の状況に合った甘利田の言葉には、それだけの力があったのだ。故に、ドラマのセリフであるなどと、気づく余地がなかったのだろう。

それはともかく——動きが止まった等々力を見た粒来は、軽く頭を下げてから「塩鮭ドッグ」を奪い返し、かぶりついた。その瞬間、等々力は我に返る。

いつの間にか、教室後方に一度いなくなっていたカメラや記者、秘書たちの姿が戻ってきていた。気づいた等々力は、再び配膳台の前まで移動する。

「……まぁ、食べ方は問題ありますが……なんとかみんな、頑張りました。これが本当の、給食なんです」

いい感じでまとめようとしている等々力の後ろでは、甘利田がゆっくり、自分がぶちまけてしまったトレイや器を拾っていた。

「――その言葉には、違和感がある」

器を拾い終え、トレイを自席に戻した甘利田は、教室内を見回しながら告げる。皆食べている手を止め、甘利田に注目していた。

「おいしく食べられなければ、給食ではない」

「……」

等々力が、甘利田を見る。何も言わないのは、甘利田の続く言葉に無意識ながらに思うところがあるからかもしれない。

「食材を残すことに目くじらを立てるのもいいだろう。作った農家や、漁師《りょうし》に感謝をするのもいい。だが、彼らは……子供たちがおいしくないと感じていても、食べてもらいたいと思っているだろうか」

「……思っているんじゃないですか。残されて、捨てられるよりずっといい」

甘利田の問いに、気を取り直した等々力は当然のように答えた。甘利田の視線が、等々力に向く。

「かつて人類の寿命は三〇年だった。火を使うことを覚え、食べられなかったものを料理することで食べられるようになり……栄養を吸収して、寿命《じゅみょう》が延びた。人は地球上唯一、おいしく食べるという発明をした生き物だ」

「そんな壮大な話をされてもね」

等々力は呆れたように言う。話のすり替えだと感じているのかもしれない。

「好き嫌いは……誰にでもある、だから言っていい」

「……」

手が止まっていたマルコは、残り僅《わず》かになった「塩鮭ドッグ」に視線を落とした。感じ入るマルコとは対照的に、等々力は笑顔で口を開く。

「それを、豊《ゆた》かさボケと言うんだよ」

これは甘利田に言っているのではなく、甘利田と自分の話を聞いている生徒たちに向けての言葉だった。優しい声音には、「勉強になったね」とでも言いたげな傲慢《ごうまん》さが滲んでいる。

甘利田は、ゆっくり等々力の隣まで歩み寄ると、ぶつかる寸前で止まった。

「豊かさは、悪いことですか？」

「節度を弁《わきま》えない豊かさは……単なる飽食だ」

「出された食事は食べろ、出された酒は飲め。個人の好き嫌いは許されない」

互いに最後まで聞く前に、言葉をぶつけていく中で——次第に、等々力は甘利田に圧倒され始めていた。

「――そんなのは、豊かな世の中とは言えない！」

悲痛な叫びに、等々力はついに何も言えなくなっていた。言われていることの正当性を、等々力自身も感じているのかもしれない。

食べ物は残さないほうがいい。もったいない。ある側面から見れば正しいかもしれない。

だが、その側面でしか見ない主張や行動は、真に人を豊かにするのだろうか。

それは、狭い視野の思考に囚われた――「豊か」とは、相反するものなのではないのか。

その思いが、甘利田を突き動かす。

「豊かさとは……個人の自由を、尊重するということだ」

言い切った甘利田を、等々力は改めて見た。眉間に皺を寄せ、その言葉の意味を測りかねているようだった。

「君は……好き嫌いを許すのか」

「あなたにも、あるはずだ……好き嫌い」

少しも揺るがず続ける甘利田に対し、等々力は「何を……」と動揺を見せた。

「コッペパンを齧っただけで、ほとんど手をつけていない」

グループ分けされた等々力の机に載ったトレイには、甘利田の指摘通りほぼ手をつけられていない給食がそのままになっていた。

「子供たちに示しがつかない……最後まで、食べていただきたい」

甘利田はそう言うと、等々力に頭を下げていた。粒来をはじめとして、マルコや比留川たちも、じっと等々力を見つめている。

「……当然だ」

その視線を受け止めた等々力は、しっかり頷いて答える。そこに虚勢のようなものはなく、真剣そのものであった。甘利田が頭を下げたことで、感情的に等々力を攻撃したいわけではないことを理解していたのかもしれない。

等々力は足早に自分が座っていた席に戻って先割れスプーンを持つと、器を持って塩鮭に齧りついた。コッペパンを千切って口に含んで少し咀嚼すると、お吸い物をすする。

等々力が食べ始めるのを見て、皆給食を再開する。お喋りをするような空気ではなくなっていたので、皆「塩鮭ドッグ」を黙々と食べていた。

その中で、二番目に「塩鮭ドッグ」を食べ終えたのはマルコだった。最後の一口を頬張り、ゆっくり咀嚼する。その顔には、満足げな笑みを浮かべている。横で、比留川は嬉しそうに見守る。

そしてもちろん、給食すべてを最初に食べ終えていたのは——粒来だった。

「……ごちそうさまでした」

空の器を前に手を合わせていた粒来は、目を閉じてそう呟く。普段と違う「おいしくない給食」だったからか、そこに笑みはなかった。

しかしその姿は、「食べ物」へ感謝の祈りを捧げているようにも見えるのだった。

放課後。コートを着込み、カバンを肩に下げたマルコは教室を出た。同じように帰宅する生徒や、部活に向かう生徒の合間を縫って進んでいく中で、今まであった色々なことを思い返していた。

マルコは転校してきたばかりの頃、学校に行けなくなったことがあった。クラスメイトとうまく行かなかったわけではなく、言葉の壁を感じていたためだ。

きっかけは、ロケット鉛筆の芯《しん》を盗《ぬす》まれたとき。世話を焼いてくれていた世戸口の筆箱に入っていたが、翌日には返されていた。

どうしてあんなことをされたのか、そのときはわからなかった。うまく話せる自信がなかったマルコは、世戸口にあのときのことを聞けず、混乱し、次第に学校を休むようになった。

世戸口はその後、毎日給食のパンを届けてくれた。マルコは給食が嫌いなので迷惑ではあったのだが、その行為を不思議に思っていた。

父親からもらったフラワーロックをぼんやり眺め、比留川の個人レッスンを受け——様々な要因が重なって、「言葉の壁」と難しく考えるのをやめた。そう思ったら、世戸口の行為に悪意や害意がなかったことも理解できた。それからは、毎日学校に通っている。

そんなマルコも、給食だけはずっと残し続けていた。楽しそうに食べている粒来の真似をしてみても、ダメだった。

だが、今日は——初めて給食をすべて食べ切ることができた。

『好き嫌いは……誰にでもある、だから言っていい』

校舎から出て校門に向かう頃、今日の給食で甘利田が言っていたことが頭をよぎったマルコは、その理由を理解しつつあった。

「——峰岸くん」

石造りの階段を下っていると、比留川が声をかけてきた。追いついてきた比留川が隣に並ぶ。

「今日、すごかったね。先生、感心しちゃった」

「……」

「正直、あんまりおいしくなかったよね」

答えないマルコを気にすることなく、比留川はコソッと付け加える。そこにマイナスな感情はなく、どこか楽しそうですらあった。その様子がおかしくて、マルコは思わず口元に笑みを浮かべて頷いた。つられるように、比留川もさらに笑う。

給食は、おいしくなかった。でも、給食の時間も、今も、自分と比留川は笑っていた。その事実を再確認したマルコは、階段を下りきったところで足を止める。

「先生」

マルコが呼び止めると、比留川は振り返った。

「僕、勘違いしてました」

「何を？」

「給食が敵じゃなくて、給食の時間が……敵だったんです」

マルコには、食べられないものが多かった。だがクラスメイトたちは普通に、楽しそうに食べているので、そのことを言える雰囲気ではなかった。だからその雰囲気に従って無理に食べて、吐いてしまうことだってあった。

どうすれば、みんなのように食べられるのか——そんな気持ちが、「給食の時間を、どうやり過ごせばいいのか」という思考に変わっていたのだ。それが、必要以上にマルコに給食の時間を、窮屈に感じさせていた。故に、マルコにとっての敵は「給食の時間」だったのだ。

だが今日、「おいしくない給食を少しでも食べるために頑張る」という目的で、教室が一つになった。そのときのマルコは、ワクワクしていた。

この感覚は――以前、甘利田がラーメンを前に手を止めたときにも感じたものだった。皆が一緒に、豪快にラーメンをすすることで、マルコは給食を素直に食べることができた。あのときの感覚が今、マルコの中でしっかり意識できるようになっている。

晴れやかな顔をしているマルコに、比留川は「……そっか」と返していた。嬉しそうでありながら、それだけではない複雑な表情だったが――マルコは気づかず続けた。

「初めて……給食の時間が楽しかった」

同じグループの生徒たちと話しながら、どう食べればいいか考えた。ワクワクしていたのは、「出されたものをそのまま食べなくていい」「自分で考えて、食べたいように食べていい」と思えたからだ。

マルコにとって、今日の給食の時間には――「敵」が存在しなかったのだ。

「僕、もう大丈夫だと思います」

マルコは、清々しい笑顔で言い切った。

言葉通り吹っ切れたように見えるマルコにつられて、比留川も笑顔になっていた。

「……峰岸くんは、強いね。先生なんか、嫌なものからすぐ逃げちゃう」

その反面、心境は複雑だった。笑いには自嘲が含まれ、おどけるような言い方になってしまう。

「今の学校に通うなら、給食は必ずありますから」

「……」

その言葉に、比留川の顔から笑顔が消え、開いていた口が引き結ばれる。

比留川の脳裏には、複雑な心境の原因である、自分の父であり、教師でもあるトーマスのことが思い浮かんだ。家でも笑わず、なんでも「べき論」で語り、娘である比留川の意思を無視するような父親だった。

以前、視察で忍川中学にやってきた父親に対し、比留川は甘利田のおかげで自分の気持ちを伝えることができた。これをきっかけに親子関係も少しだけ変わったが、すべて丸く収まったわけでもない。今はただ、遠く離れているから問題が起きていないだけだ。

忍川中学に通うなら給食は必ずあるように――親子の縁を切らない限りは、いつかきちんと向き合わなければならないときが来る。それは、比留川にもわかっていた。

また父親の近くに行くことで、弱い自分に戻ってしまうかもしれない。父親が作ったインターナショナルスクールには、勇気をくれた甘利田はいないのだ。

人は、成長や進歩をしても、同じ失敗や苦悩をくり返す生き物だ。一度父親に反抗できても、また同じようにできるとは限らない。なら、このまま沖縄行きは断るほうがいいのではないだろうか――

「先生、ありがとうございました」

比留川の心情など知る由もないマルコが、そう言って深く頭を下げた。笑顔になったマルコは、小走りで校門へ向かっていく。

振り返った比留川は、遠くなるマルコの背中を笑顔で見送りながら考える。

比留川は、確かにマルコを気にかけていた。だがそれだけだ。彼が「もう大丈夫」と言い切れるようになったのは、彼自身が頑張り、多くのことに気づいたからでしかない。未だに迷いを引きずり、悩んでいる自分が——マルコにお礼を言われる理由はない。そんな風に思ってしまう。

マルコの背中が小さくなる頃、比留川の顔からは再び笑みが消えていた。

一方、学芸会も終わって夜練がなくなった甘利田は、まだ陽も高いうちに駄菓子屋に立ち寄ることができた。店の前ではサキが屈《かが》んで何かしているが、まずは目的の商品を手に取り、戻って来た。

サキの足元には、硬貨ほどの大きさの黒い円柱型の物体が置かれ、ちょうどそこに火をつけていた。直後、一瞬で煙が立ち、黒い物体が細長く膨らみ、伸びていく。

(ヘビ花火か。この老婆は、店の商品を私物化している)

サキは楽しそうに笑いながら、手でヘビ花火の煙を甘利田のほうへ送ってくる。煙を吸った甘利田はゲホゲホ咳《せ》き込《こ》み、手を振って煙を散らした。

（なんか、妖怪《ようかい》に見えて来た）

サキがどう見えようと、店主に金を払わねば食べたいものは食べられない。甘利田はすでに持って来たものを掲げ、「これください」と声をかけながら小銭を差し出す。サキは屈んだまま手を伸ばし、小銭を受け取った。

（ラムネの定番。ミニコーラ）

店内から持って来た、掌《てのひら》に収まるサイズの、赤地に白文字の缶ジュースのようなデザインの容器――ミニコーラを嬉しそうに見つめると、テーブルとベンチがある場所へ向かう。

（私は一度でいいから、これを……こうしてみたかった）

ベンチに腰かけて開封すると、上を向き、ミニコーラの容器を逆さにしてラムネを口に落とした。一つや二つではない。容器を振って小さい穴からたくさん出していた。

カラカラとしばらく音を立て、口いっぱいになったところでやめると、ボリボリと豪快に嚙み砕く。細かくなるごとに、コーラのフレーバーが口いっぱいに広がった。

（ああ、なんたる大人感……こんなもったいない食い方、子供にはできるまい）

以前チョコベビーでも同じようなことをしていたが、ラムネは初めてらしい。甘利田が子供の頃はこういった食べ方はしなかった――できなかったのだろう。金銭的にも、気持ち的にも。

恍惚としながらミニコーラを食べていると、気配を感じて振り返った。未だに煙が漂《ただよ》う店先に、見覚えのある顔と名前のポスターが貼られているのが目に入るが――それよりも、もっと強烈なものが視界の隅から現れた。

サキの、ドアップの顔である。煙の中から突然現れたように見えたのもあって、甘利田はベンチから転げ落ちた。

（出たぁ！　妖怪ババァ！）

この驚き方は、内心で「妖怪なのでは」と思っていたことも、無関係ではなさそうだ。

甘利田のオーバーリアクションなど気にせず、サキは甘利田が座っていたベンチに腰かけた。

「あんた、あいつに似てるね」

サキは振り返り、甘利田の視界にも映っていたポスター――等々力宗太の文字と顔写真を見る。急に話を振られた甘利田は立ち上がると「は？」と戸惑いの声を上げる。

「昔、よくここでカップ麺食べてたよ」

甘利田は自炊ができない（実際に何度か失敗してから強くそう思っている）ので、夕食は駄菓子屋でカップ麺を食べることが多い。等々力のポスターで久しぶりに顔を見て、そのことを思い出したのかもしれない。

「そうなんですか」

「子供たちに食育を、なんてよく言うよ」

吐き捨てるように言うサキに、甘利田はポスターを見ながら言う。

「今日……彼と、給食を食べました」

「なんで？」

「色々……ありまして」

今日や、今日のセッティングまでのことを一瞬思い返しながら言うと、サキはさして興味もなさそうに「ふーん」とだけ言う。

そしてふと、サキが老齢であることを改めて思い出した甘利田は続ける。

「ちなみに、脱脂粉乳は飲んだことありますか？」

「あるよ」

「お好きでしたか」

「あれは、人間の飲み物じゃないね」

サキは懐かしそうに、しみじみと答えた。甘利田は、サキを見つめながら隣に座り直す。

「……同感です」

真面目な顔で言う甘利田に、サキは「ふっ」と笑った。

「初めてアンタと、気が合ったね」

いつも仏頂面《ぶっちょうづら》で甘利田を見ていたサキが、楽しそうに笑いかける。以前、粒来が大人たらしだと思ったときに見せた、人懐こそうな笑顔だった。今まで自分に向けたことがない顔に、甘利田はなんとも言えない気持ちが込み上げてくる。

その気持ちの発露として、甘利田は無言でミニコーラを差し出した。サキが手を出すと、ミニコーラの白い粒がカラカラといくつか転がり落ちる。それを見たサキは、少し頬を緩めた。甘利田が食べ物に執着が強いことを知っているのか、分け与えてくれることを意外に思ったのかもしれない。

二人は揃って顔を上げた。甘利田はミニコーラの器から直接、サキは指でミニコーラの粒をつまんで、一緒にボリボリ音を立ててラムネを楽しむのだった。

大量に食べるのもおいしいが、誰かと分け合って食べる駄菓子も——やはりおいしい。

同じ頃、等々力が事務所として借りている部屋では、スタッフたちがテレビを見ていた。

『ほら、先生も頑張ってるよ。みんなも頑張って！』

画面には、忍川中学校の教室が映っている。等々力が席から立って、カメラに向けてわざとらしいガッツポーズを取っている場面だった。下には「等々力町長給食体験会！」とテロップが入っている。今日の給食での様子が編集され、ローカルニュースで放送されているのだ。

『子供は、モリモリ食べて、大きくならなきゃな！』

テレビに映る自分の姿を見ながら、等々力はカップ麺をすすった。黄色のジャンパーを着たスタッフたちも食べている中、先に食べ終えた白根澤は満足げに口を開く。

「よくできてるね。これは相当、有権者にアピールできましたよね、町長」

白根澤に声をかけられた等々力は笑って頷くが、すぐにまた麺をすする。

『昔の子供は、毎日これを食べていたんだよ。身体にはこのほうがいいんだから、残さず食べよう！』

『はぁい！』

映像は、うまく甘利田とのやり取りはカットされ、等々力が大きく映っている内容をメインに、子供たちの声は後入れされていた。音声の順番も変わっているし、生徒たちの不満そうな顔も、ほとんど映っていない。もちろん、席をグループにして楽しくワイワイ食べていた場面も全カットだ。

「……」

昔の子供――麺をすする等々力は、テレビから聞こえる自分の言葉に、かつての子供の頃を少しだけ思い出していた。

しばらくして、片づけを終えたスタッフたちが挨拶をして去っていく。その間、等々力は空になったカップ麺の載ったローテーブルを見つめていた。少し遅れて、隣に座っていた白根澤も「町長、失礼しますよ」と立ち上がる。

「……これも、作っている人がいるんですよね」

等々力がポツリと呟くと、歩き出していた白根澤が足を止め、振り返る。

「え、そりゃあいるでしょう」

「これと……魚や野菜と、何が違うんですかね」

目の前の空のカップ麺を手に取って眺めると、等々力は白根澤を見る。

「違うに決まってますよ」

「何が？」

さらに問うと、白根澤は「何がって……」と声をかけながら引き返し、再び等々力の隣に腰を下ろした。

「どっちも生産者がいて、一生懸命作ってる」

「うまくないでしょう、そんなもん」

カップ麺を掲げながら等々力が続けると、白根澤は呆れたようにカップ麺を指さして言う。その反応に引っかかるものを感じた等々力は、思わず「うまくない？」とくり返してしまう。

「いや、好みは色々ありますけど、最後は……おいしさですよ」

何か自分のおいしいと思うものを想像して喋っているのか、白根澤は笑顔だった。自身が仕事で扱っている、海産物のことでも考えていたのかもしれない。

「……」

等々力は、白根澤を黙って眺めていた。その脳裏に、給食での甘利田の言葉が蘇る。

『好き嫌いは……誰にでもある、だから言っていい』

白根澤もカップ麺を食べていたが、あくまで空腹を満たすために仕方なく食べていた、ということらしい。「絶対に食べたくない」とまではいかなくても、白根澤にとってカップ麺は「おいしくないもの」だった。

だが等々力は——カップ麺を、おいしいと思って食べている。それは、子供の頃からだ。好みはあっても、「おいしくないもの」は「食べない」。程度によっては「食べることができない」こともあるだろう。

「……あれ、なんか変なこと言ってます？　私」

反応のない等々力に、白根澤が言う。

ごく当たり前のことだったのだ。当たり前すぎて、今白根澤に言われるまで、等々力はずっと忘れていた。

なぜ自分は、子供の頃からカップ麺が好きなのか——そのことを改めて思い出したとき、等々力はなんだか笑えてきた。

神妙だった等々力の顔が、晴れやかな笑顔に変わる。白根澤も、等々力につられて笑っていた。

忘れていたことを思い出した等々力は、心の中であることを決めた。

ラストメニュー

念願のイカメシ

学芸会や等々力町長との給食が終わり、時間は流れ――三月になっていた。

春とはいえ、函館の冬の寒さはまだ厳しい。この日は晴天で、久しぶりに雪が降る気配がなかった。海風は強く冷たいが、生徒たちは元気に登校していた。

終業式の準備のため、教師たちは職員室で慌ただしく過ごしているが、甘利田は違った。

(今日は、学年最後の給食。そしてそれ以上に、私にとって大いなる区切りの一日となる。なぜなら……)

引き出しから献立表を取り出し、今日の日付――三月一七日の文字を確認した。

(待ちに待ったニクい奴。北の主人公、イカメシ。私がこの地に赴任した真の目的が、ついに果たされる日が……)

一気にテンションが上がり、思わず献立表を抱きしめる。イカメシへの想いが爆発しそうになったところで、視線を感じた。

隣の席の比留川が、笑顔で甘利田を見ていたのだ。慌てて引き出しに献立表を突っ込む甘利田の近くへ、笑顔のまま比留川は椅子を引き寄せた。

「私、知ってましたよ。甘利田先生が、イカメシ待ちだったこと」

イタズラ好きの子供のように、コッソリ言う比留川に、「何を……バカな」と吐き捨てる。

だが比留川は、甘利田のこのような態度で怯むような人間ではなくなっていた。

「この前、料亭でも言ってましたもん」

気まずさからずっと顔をそらしていた甘利田は、ゆっくり比留川を見る。

「……本当、ですか」

そう返した甘利田の眼差《まなざ》しからは、純粋な疑念と戸惑いが見えた。予想外の反応だったのか、比留川は驚いたように目を見開き、しばし言葉を失う。

「……嘘《うそ》です。言ってません」

表情を引き締めて、比留川はキッパリ言った。からかうような気配は消え、ニッコリと笑って続けた。

「やっぱり覚えてないんですね。あのときのこと」

「……あの」

「いいんです。忘れてくれてたら、むしろ……よかったです」

比留川は確かに笑っていたが、どこか寂《さび》しさのようなものも感じられた。それに気づいても、甘利田は他に何を言えばいいかわからない。

すると、そこに木戸が入って来た。

「さあ皆さん、終業式が始まりますよ。そろそろ移動しましょう」

追い立てるようにパンパンと木戸が手を叩くと、他の教師たちも立ち上がり、移動が始まった。甘利田と比留川も倣って職員室を出た。

「――えー、皆さん。今日で本年度も終わりです。一年お疲れさまでした」

体育館では、生徒たちが整列するのを見渡しながら、坂爪が壇上から春休みに向けての話をしていた。甘利田たち教師も、壇上に身体を向けて話を聞いている。

「明日から春休みに入りますが、くれぐれも体調に気をつけて。ポテトチップばかり食べて、カウチポテト族にならないように」

最後は妙に野太い声がマイクを通して響き、生徒たちから笑いが漏れる。

カウチポテト族とは、一日中ソファでゴロゴロ、ダラダラした時間を過ごす者を言う。ただ「ぐうたらするな」と上から目線で言われるよりも、こういったおどけた言い方のほうが生徒たちも素直に聞きやすいだろう。

生徒たちが笑ったのを確認した坂爪は笑顔だったが、「さて」と切り替えると同時に表情を引き締めた。

「一つ皆さんに、報告があります。今日で、この忍川中学から転勤される先生がいます」

生徒たちから小さなどよめきが上がる中、坂爪は教師陣が立っているほうを見て続けた。

「――比留川先生、一言ご挨拶を」

壇上に続く階段を手で示しながら言うと、生徒たち――特に一年一組の生徒たちは、

「えーっ」と大きな声を上げ、目を丸くして比留川に注目した。

「……」

比留川は、表情を引き締めて歩き出した。その後ろでは、初耳らしい他の教師たちも動揺を見せる。木戸も同じで、引き留めたかったのか一瞬両手が比留川の背中に伸びていた。その間も、生徒たちから「なんで？」と悲しそうな声が上がる。

甘利田も初耳だったのだが、無反応だった。手を前に組んだ姿勢を保ち、比留川のほうを見ることもない。驚いていないわけでも動揺していないわけでもなく――どう反応していいのか、わからなかったのだ。

小さな悲鳴やどよめきが広がる中、比留川の足音が静かに響き――ついに、先ほどまで坂爪がいた壇上で足を止めた。

不安げな生徒たちの顔を見つめながら、比留川は堂々と口を開く。

「突然のことで、びっくりさせてしまいすみません。この度、沖縄の学校に転勤することになりました」

生徒たちから「沖縄？」というさらなる驚きの声が上がる。そう簡単には会えなくなることを一層感じたのかもしれない。比留川に好意を持っていた木戸も、寂しそうに壇上を見上げている。

「私にとって、忍川中学は……とても居心地のいい、日本での母校になりました。たった一年でしたが、とてもかけがえのない、貴重《きちょう》な時間でした」

「……」

比留川がそこまで言った頃には、甘利田も壇上へ顔を向けていた。そのことに気づいたからか、比留川の顔から笑みが消え、表情を引き締めて続ける。

「……人には、苦手なものから逃げたいという気持ちがあります。私にも、あります。逃げちゃダメだと頭でわかっていても……できれば、もう少しこのままで……と思ってしまいます」

比留川は、今でも父が苦手だ。一度は言い返すことができたが、あくまで一度きりであり、傍に甘利田がいてくれたからできたことだった。

このまま忍川中学にいれば、自分を変えるきっかけをくれた甘利田と、一緒にいられる。甘利田の存在だけでなく、居心地の良い場所で過ごすことができる。

――なら、転勤なんて断ればいい。だがなぜか、比留川はずっと迷い続けていた。

「でも……逃げられないものからは、時には立ち向かう勇気が必要だと思いました」

逃げられないもの――父と娘という関係性。厳格な父親が忍川中学へ視察に入り、一緒に給食を食べることになった際、給食を静かに食べるよう甘利田へ頼んだとき返ってきた指摘は、正しかった。

『衝突さえ避ければ問題なし。これでは、何も解決しない』

あのときの比留川は、「いつかちゃんとするつもりで、今だけ乗り切ろうとすることがそんなに悪いことなのか」と、自分の言葉で本音をぶつけた。決して褒められることではないと、自分でもわかっていた。

だが甘利田は――比留川のこの本音を、受け入れてくれた。父のように否定せず、見下すようなことは言わなかった。結局最後はラーメンを豪快にすすって食べ切ったが、それは「我慢すべきではない」という生徒たちからのエールがあってのこと。その場にいた比留川もそうするべきだと感じ、彼らと共にラーメンをすすった。比留川の言葉を受け入れた上で、自分らしさを貫いた甘利田は、何も間違っていない。

今度は自分が、あのときの甘利田の言葉を受け入れ、頑張る番ではないのか。

そう思えたのは、学芸会で頑張る一年一組の生徒たちの姿や、「給食は敵だ」と言っていたマルコの変化を目の当たりにしたことも無関係ではない。

学芸会では想定外のところで笑いが起き、生徒たちが動揺しないか心配になった。しかし彼らが真剣に、熱量を持って稽古に励んでいたことを知っていた比留川は、ただ心配することの無意味さを実感した。

粒来の「ホワイトマン」として付け加えられたセリフは、比留川の「敵」という考え方に「友達になることで、敵を敵だと思わない」という、違う視点をもたらした。

そして「おいしくない給食」を食べるという目的を前に、工夫することで食べ切ることに尽力したマルコは、「もう大丈夫だと思います」と笑った。

肩の力を抜きながらも頑張る一年一組の生徒たちを見ていたら――まだ起きていないことや避けられないことを、ネガティブに捉えすぎている自分を変えていきたいと思えた。

考え方を変えることで、比留川の中にあった転勤へのイメージも変わっていった。

「私にとって、この学校を出て行くのは冒険ですけど、勇気を出して今回、決断しました」

沖縄に甘利田はいないし、副担任を務めた一年一組の生徒たちもいない。

でもだからこそ、居心地の良い場所に留まっているだけでは、決して知り合うことのない人たちとの出会いが――沖縄の地で、待っているはずだ。

父の近くに行くことで、昔の自分に戻ってしまうのではないか――そういった不安が、完全に消えたわけではない。

だが同時に、今の比留川は、甘利田たちと出会う前の自分――すぐオドオドして、何も言えない自分ではない。そう思うこともできた。

冒険は困難に満ち溢れているが――かけがえのない、大切なものを見つけることだって、できるかもしれないのだ。忍川中学で出会った、甘利田や、一年一組の生徒たちのように。

比留川は徐々に笑顔を取り戻していた。寂しい気持ちや不安よりも、その向こうにある、まだ見ぬ新たな出会いに、胸を膨らませるように。

甘利田も、マルコも、他の一年一組の生徒たちも、他のクラスの生徒や教師たちも——皆真剣に聞いていた。

「また成長した姿で、この学校に戻ってきたいと思います。本当にお世話になりました」

最後に、比留川が一歩下がって頭を下げると同時に、一斉に拍手が起こった。いつの間にか笑顔になっていた一年一組の生徒たちは、力いっぱい祝福の拍手を送っている。

自分に拍手をくれる生徒たちに、比留川は涙を流すことなく、笑顔を向け続けた。

そして甘利田も、少し遅れて拍手に参加した。自分が教育係を担当した比留川の、堂々とした門出を喜ぶように、甘利田は比留川に向けて頭を下げた。

終業式が終わり、明日からは春休み。だが忍川中学校は、この日も通常授業と給食がある。

四時間目終了のチャイムが鳴ると、一年一組では早速机をグループに分けていく。等々力と給食を食べて以降《いこう》、グループ分けが解禁された。当然、黙食も終了していた。楽しそうにざわつく教室から、給食係が飛び出していく。

しばらくして、給食係が戻ってくると、教室から生徒たちが廊下に出てきて出迎えた。

イカメシは生徒たちにも人気らしく、男子生徒から「イカメシ」コールが上がる。

もちろん、この教室の誰よりもイカメシを楽しみにしていた甘利田も、配膳が始まる前から列に並び、まずは一目見ようとピョンピョン飛んで配膳台を覗き込んでいる。その後ろには粒来もいて、同じようにピョンピョン配膳台をうかがっていた。

配膳が終わり、今日の日直――マルコと世戸口が前に出る。校内放送が始まると、校歌斉唱が始まった。

心の中で歌いながら、我慢しきれずイカメシの器を掲げ、踊る甘利田。器を戻したあとに二拍手一礼したり、弓を射る動きをしたり、拳を振り回したり腕を振ったりするうちに――

「ぎゃあっ」

最後はやはり、机に手をぶつけるのだった。楽しみ過ぎてテンションが上がり過ぎた分、ぶつけた音も悲鳴も普段より大きかったが、生徒たちは相変わらず無反応なのであった。

「手を合わせてください」

マルコと世戸口が声を揃える。パンッと手を合わせる音が響き、二人は笑顔を見合わせて「せーの」と息を合わせた。

「いただきます」

生徒たちの「いただきます」が響くと、すぐに教室は賑やかになった。甘利田も一足遅れて、囁くように「いただきます」と呟く。

メガネを外し、ハンカチを膝に置く間も、甘利田の目は決してトレイのある一点から離れなかった。

中央に配置された、鮮やかな赤の煮汁を纏って輝《かがや》くイカの耳から胴体が、ドンッと載った器。もち米が詰められた胴体の端は、楊枝で留められている。

（お前を……二年、待っていた。いざ行かん、これが……北の山の頂だ）

感慨深《かんがいぶか》そうにイカメシを見ていた目を閉じ、甘利田はしばし瞑想《めいそう》する。

（……刮目！）

イカメシにだけ向いていた意識が、トレイ全体へ向けられる。

（今日のメニューは、この地におけるソウルフード、イカメシ。さらに一見唐揚《からあ》げだが、実は一味違う、その名もザンギ）

イカメシの器の左下には、ザクザク食感を想起させるこんがりした衣に身を包んだ揚げ物、ザンギがゴロっと二つ入っている。

（二つの個性派を優しく包み込むぬくもりの汁物、豚汁におしるこ。そして、瓶牛乳）

イカメシの右下には、ニンジン、豚肉、大根やこんにゃく、ネギといった色とりどりの具材が、味噌で色づいた汁から顔を見せる豚汁。イカメシの左上には、小豆の粒と白玉が、さらっとした小豆色の汁に浮いたおしるこ。いつもの右上定位置には、「甘」印のシールの貼られた、温かい牛乳瓶が置かれていた。

（今年度を締めくくるに相応《ふさわ》しい、夢の取り合わせだ）

満足げにトレイを確認し終わると、すでに準備してあった箸箱を素早く手に取り、刀を抜くように中から箸を取り出した。

（この頂上決戦にスプーンでは失礼千万。いくぜ相棒。一年最後の、大仕事だ！）

取り出した箸を慈しむように指先で撫でると、しっかり握る。戦《いくさ》を前に武器を手にした武人のように、表情を引き締めた。

（もはや迷いはない。本日は、第一投から本丸を攻める）

強い決意と共に、イカメシの器を手に取ると、箸で胴体先端をつまみ上げた。立派なイカメシの姿を、じっと見つめる。

（なんというテリッテリ。これはもう、芸術品だ）

思わず目じりが下がり、口元も緩んだ。恍惚とした表情でイカメシを見つめながら、なぜか器をトレイに戻す。イカメシがそのまま口にやってくることを、疑わない行為だ。

緩んだ顔でイカメシをヒレ先端からかぶりつこうとした瞬間――イカメシが、箸から滑り落ちた。しかも勢いよく滑ったせいか、イカメシの器ではなく、トレイ左上のおしるこのほうへ落ちていく。

絶望に染まる前に、甘利田は手を伸ばした。

（――させるかぁ！）

おしるこに浸《つ》かる寸前、甘利田は手づかみでイカメシ落下を阻止することに成功した。

だが咄嗟の勢いで動いてしまった椅子の背もたれに、思わず倒れ込んでしまう。背もたれが配膳台のほうを向いており、そこに倒れたことで――ふと、ある人と目が合った。

比留川であった。甘利田のイカメシ落下からキャッチまでを全部見ていたようで、その顔にはホッとした笑みが浮かんでいる。

「……あ」

甘利田と目が合ったことに気づくと、比留川は何事もなかったように給食に戻った。

甘利田も身体を起こし、トレイに向き直りながら息を整える。呼吸が整った頃、持ったままだったイカメシを、元の器に戻した。

（危なかった。始まる前に終わるところだった……）

ハンカチで手を拭う間も、甘利田はイカメシを凝視しながら次の一手を考える。

（やはり箸ではなく先割れスプーンで行くべきなのか）

一度置いた箸の代わりに、いつも通りトレイに載っている先割れスプーンを手に取った。

その形状をじっくり見つめながら考える。

（大体イカメシとは、本来いい感じに輪切りになっているものなんじゃないのか。あの魅《み》惑《わく》的な断面がこの食事の醍醐味だというのに）

甘利田の脳内に、キレイに輪切りにされたイカメシと、ちゃっかり箸置きに載った甘利田の名前入り箸の姿まで再生された。料亭で食べることになっていたら、おそらく近い形で出されていたことだろう。

（いやいや！　大人が一度決めたこと。子供との格の違いを見せつける。次は慎重《しんちょう》に……）

気を取り直すと、甘利田は先割れスプーンを置き、再び箸を手に取った。先ほどと同じように胴体先端をつまみ、大口を開けて食らいつく。今度は滑らせることなく食べることができた。

耳の根元までしっかりかぶりつくと、歯切れよく口内にイカメシが飛び込んでくる。軟らかくも歯ごたえのあるイカの身が裂けて旨味が溢れ出し、砂糖と醤油の甘辛い味と、出《だ》汁《し》とがしっかり絡むもち米が口いっぱいに広がった。

（んまーい！）

満面の笑みとなった甘利田は、積年の欲求が満たされていくのを感じていた。

（これは……罪深い味だ。外はプリップリ。中はモッチモチ。奇跡の食感だ。イカの旨味とタレが染み込んだ米が、見事に融合している）

ゆっくり味わうように噛み締めながら、茶色に染まったもち米を見つめる。

（下ごしらえで抜き取ったゲソなどをここに混ぜ込むと、よりうまいと聞いたことはある

が……贅沢は言うまい。給食にイカメシが出ているという、この栄光を噛みしめよう）

イカメシの食感と旨味、そして給食でイカメシを食べることができたという喜びを一通り噛み締めると、次はザンギの器を手に取る。

（北の唐揚げ、ザンギ。決定的な違いは下味にある。そこに、大ぶりに衣を揚げつける。年度末にふさわしいパーティーメニューだ）

ザンギは、醤油ベースの甘辛いタレを、一般的な唐揚げよりも濃い味で作る。そのタレに、これも唐揚げよりは長めの、一時間から半日ほど漬け込んだ鶏肉を揚げるのだ。時には揚げたものにさらにタレをかけ「ザンギ丼」として食べることもあるらしい。とにかく濃い味で作るのが特徴だ。

大きな塊を一つ取り、齧る。見た目に反することのない、カリッとした食感。衣が大きいため、しばらくカリカリと小気味いい音と食感を楽しめる。中からは鶏肉の肉汁が溢れ、衣の香ばしさと肉のジューシーさを同時に味わえた。食べ慣れている唐揚げよりも濃い味なのが、甘利田の中でのちょっとした特別感を演出する。

（ああ……たまらん……今日は、なんて日だ。人類が考え出した、動物性タンパクをいただく最高の方法を、二つ同時に味わっている）

海のたんぱく源、イカ。陸のたんぱく源、鶏。その両方を、甘利田にとって最良の形で摂取できる喜びを、ひとしきり感じていた。

しばらく、イカメシとザンギを交互に食べていたが、なくなる前に一度手を止める。

（ああ……終わるのがもったいない。今日という日に、万歳三唱《ばんざいさんしょう》したい気分だ）

気分どころではなく、実際にトレイの前で小さく万歳する。そうやって食べ終わるのを先送りにしないと、「もったいない」という気持ちでいっぱいだった。それでも、いつか終わりは来るのである。

（……では、今年度最後の晩餐《ばんさん》だ）

甘利田にとって、充実した食事を取れるのは給食のみ。北の大地に一人でやってきた甘利田に自炊能力はなく、仮にこのあと夕食として何かを食べたとしても、今この瞬間が彼にとっての「晩餐」なのであった。

（いざ……！）

気合いを入れ直すため、腕を締めて食べるのを再開しようと思ったとき——コン、コン、と謎の音が聞こえてきた。音の主は、当然粒来だった。手に何かを持ち、トレイの上で動かしているのが見える。

（ん……？　あいつ、今日は何を……）

気になった甘利田は、メガネをかけ直した。ちょうど粒来は、確認するように手にしていたものを見つめている。

（……分度器？）

粒来が持っていたのは、プラスチック製の分度器だった。半月状をしていて、モノの角度を測るための文房具。曲線部分を下にして、トレイの上で何かを確かめるように動かしている。

次の瞬間——粒来は、分度器の曲線部分でイカメシを切り始めた。中から、茶色に染まったもち米の断面がキレイに見える。粒来は、このために分度器をしっかり洗浄し、切るための予行練習までしていたようだ。

（だんめんー！）

甘利田は内心で叫びながら、思わず立ち上がる。直後、粒来の姿が細い刺身包丁を持った割烹着《かっぽうぎ》姿に変わっていた。いつもの妄想である。

妄想の中で立ち上がっていた粒来は、まな板に載ったイカメシを丁寧に輪切りにしていく。見事な断面が次々と生み出された。

（そんなの……うまいに決まってんだろうが……この野郎……！）

羨ましさが絶頂に達した甘利田は、顔を真っ赤にしたまま机ごと移動してきた。火事場の馬鹿力のような動きで近づいてきた甘利田に対し、制服姿に戻った粒来は、箸でつまんだイカメシを見せつけた。

（それは……私がやりたかった奴ではないか！）

大口を開けたまま羨ましさ全開の顔になっている甘利田だったが、あることに気づいた。

(ん？　何か、米に混じっている……)

甘利田の視線が、イカメシから粒来のトレイに移動する。そこには、一つ多く器が存在していた。

(あいつ、ザンギを小間切れにして、米に混ぜたのか！　惜しみなく下味がついた鶏肉を、あろうことか、イカの腹に押し込みやがった……)

そういったことを想定してイカメシが作られているわけではない。すでにパンパンに入ったもち米をかき出し、細切れにしたザンギと混ぜ合わせ、詰め直すといった手間が必要だ。当然そのまま全部入るわけはなく、器にもち米の一部と細切れのザンギが残っている。もちろん、この状態で食べてもおいしそうではあるが——それはともかく。

ザンギ入りのイカメシの味を想像して、思わず甘利田の喉が鳴る。しかし当然ながら甘利田の口に入ることはなく、粒来が口に放り込む。目を閉じ、しっかり味わうようにゆっくり嚙み締めている。

(ああ……うまそげだ……)

その幸せそうな表情に、甘利田の肩から力が抜けた。顔から赤みも薄れ、穏やかな顔つきになっていた。

(最後まで……お前は、手を抜かなかった)

一つ目を食べ終えて満足そうに飲み込むと、粒来はもう一つつまんで頰張る。再び嬉しそうに、粒来の表情が緩んでいく。

（無敵になるとは……敵を作らないこと。私は、一方的にお前を敵視して、食のライバルとして勝ち負けを競ってきたつもりだった。だが、お前は違った）

学芸会で粒来が付け足した、本来ないはずのホワイトマンのセリフ。あれは、粒来が自分に与えられた「ホワイトマン」としてであると同時に、彼自身の言葉だった。

そしてあのセリフそのものも、甘利田の中でしっくり来ていた。

（お前はただ、こうするとうまいんだと私に教えてくれていただけだった。私と友になりたいと言ったその意味が——やっとわかった）

本当は、甘利田もどこかでわかっていたのかもしれない。函館の地に来る前、神野ゴウという存在と相対していたときでも、ライバル心とは違う気持ちで通じ合ったことがあったのだから。

ただそれを、甘利田は今まで認められなかっただけだ。大人と子供、教師と生徒が友達になるなんて、昔の甘利田には想像もつかないことだった。

（——認めよう。お前は……給食道を共に歩む、心の友だ）

心の中で言葉にしたとき、甘利田の顔に笑みが浮かんでいた。トレイに改めて視線を落とし、拳を握る。その動きに気づいた粒来も、同じ動きをする。

（……いざ！）

甘利田と粒来は、同時に腕を締めて気合いを入れ直していた。

二人が勢いよく食べ始めても、教室はいつもと変わらない。お喋りしながら食べたり、時には笑わせようと口いっぱいに詰め込んだり、給食を横取りする（フリ）をしたり——とにかく騒がしかった。だが皆、笑顔だ。

イカを食べ慣れていないマルコも、戸惑いながら食べていた。そこに戸惑いはあっても、嫌悪や不満はなく、未知のものに挑むのを楽しんでいるような余裕がある。

甘利田は、グループの中にはいない。しかし粒来は、離れた席にいても甘利田と同じような動きで給食を食べ続けている。

楽しい給食の時間は、もう少しだけ続く。

甘利田たちが、楽しくおいしい給食を楽しんでいる頃——職員室では、教師数名が給食を食べながらテレビを見ていた。担任のクラスを持たない教師で、体育教師の木戸や、坂爪の姿もある。

開いた扉の近くには、給食用の作業着姿のままの牧野の姿があった。彼女も職員室のテレビを覗き込んでいた。

「あ、ほらおいでおいで」

それに気づいた坂爪が手招きすると、牧野は「ありがとうございます！」と手を合わせて職員室に入って来た。

テレビには、「忍川町長選挙　等々力宗太出馬会見」とテロップが出ている。映像では、たくさんの取材陣やカメラマン、事務所スタッフの証《あかし》である黄色のジャンパー姿の人々の中、等々力が部屋に入ってくるところだった。

『どうもどうも、ご苦労さまです』

『町長！　もう準備できてますから！』

等々力が皆に声をかける中、黄色のジャンパーの一人である白根澤が進み出て、部屋の奥へ案内していく。

「あっ、タコ社長映った！」

牧野は見て見て、とばかりに坂爪の肩を叩く。知り合いがテレビに映っていると、妙にハイテンションになってしまうものである。

そうこうしているうちに、自身が写ったポスターが貼られ、目の描《か》かれていない赤い達《だる》磨《ま》が近くに置かれた執務机の椅子に、等々力は腰かけた。

『皆様のご支援を得まして、こうして無事、再選に向けて立候補のご挨拶ができることを、心よりお礼申し上げます』

こうして、等々力の記者会見は始まった。

「……私は、かねてからの公約通り、この地の食の安全と発展を、成し遂げていきたいと存じます」

　カメラのフラッシュが焚かれ、手帳に何やら書き込んでいる記者たち。等々力の発言に意外性はなく、ただ真顔で話を聞いている。

　以前の等々力なら、このままイメージが良くなりそうな言葉選びをして、無難に会見を終えていただろう。かつての自分を思い返し、等々力は内心で苦笑しながら続けた。

「ですが……我々は、変わって行かねばなりません。古い考えに固執して、既得権《きとくけん》を過剰防衛しようとする勢力とは、戦っていく所存です」

　そう口にした瞬間、黄色のジャンパーを着たスタッフたちからどよめきが起きる。

「……」

　そんな中、白根澤だけは真剣な表情で等々力を見守っていた。彼もこの話は初耳なはずだが、驚くよりも「このあと何を語るのか」に興味があるような顔つきだった。以前、カップ麺について等々力と話して以降、等々力の変化を薄々感じていたのかもしれない。

　等々力は、穏やかな笑みと共に続ける。

「まず手始めに――食事は、おいしく食べましょう」

　彼の脳裏に蘇るのは、先日の「おいしくない給食」を忍川中学校で食べたときのこと。

「そんな基本的なことを、今更私は思い出しました」

日本がもっと貧しく、栄養確保のためだけに出されていた給食。脱脂粉乳は味が薄いのに匂いはキツイ。硬すぎる上に塩辛すぎる塩鮭。口から水分が持っていかれるコッペパン。ただの水分補給の手段に成り下がっていたお吸い物。

生徒たちが食べていた手前、等々力も完食せざるを得なかった。

「実は私……無理やり食べた給食が、今もトラウマになっています。食べられず、居残りをさせられて……教室を飛び出し、近所の駄菓子屋でカップ麺を食べていました」

自分の選挙のためのパフォーマンス以上の意味がなかったはずの「おいしくない給食」が、かつて「自分を苦しめた給食」そのものであったことを、思い出させた。トラウマだったからこそ、ずっと忘れていたのかもしれない。それもあって、選挙のパフォーマンスとして選んでしまったのだろう。

だが思い出したのは、苦い記憶だけではない。幼少期を思い返している等々力の表情は、穏やかだった。

「あのときのカップ麺は……うまかった」

駄菓子屋で食べるカップ麺——等々力は、駄菓子屋の店主だったサキの顔を思い出した。

今は当時よりさらに年を取っていることだろう。

店の商品を平気で食べたり、開封して遊んだりしているサキは、今頃カップ麺を食べているかもしれない。懐かしさに胸があたたかくなりながら、そんなことを思った。

等々力にとって、カップ麺は思い出の味なのだ。先日のやり取りと、今この記者会見での言葉でそのことを悟《さと》ったらしい白根澤は、パフォーマンスではなく、素の等々力宗太としての言葉を、微笑んで聞いていた。

「私の主食は、未だにカップ麺です。だからといって別に不幸ではありません。なぜなら、私は……カップ麺が好きだからです。カップ麺は日本で発明され、今や世界中の人々に愛される、日常食です」

最初は混乱していたスタッフたちも、いつの間にか等々力の話に聞き入っていた。記者たちも横槍《よこやり》を入れることなく、続く言葉を待っている。等々力は、ゆっくり立ち上がった。

「どうか皆さん、今までああだったからとか、昔はこうだったからとかを根拠に、今を評論するのをやめませんか。我々は、変わらねばならない。私は、子供たちがおいしい食事を楽しむことが、食の発展に繋《つな》がると確信しております」

ただまっすぐに、誠実に自分の意思を伝えた等々力。白根澤が拍手を送ると、スタッフたちに広がり——最後には、記者やカメラマンたちも拍手をしていた。

大きな拍手に包まれる中、等々力が目を向けると、白根澤は笑顔で大きく頷いた。応えるように、等々力も笑みを浮かべて頷き返す。

愛想《あいそ》よく見せるためではなく、自分の思いが伝わったことを嬉しく思ったからこその、笑顔だった。

テレビの向こう――忍川中学校職員室では、坂爪と牧野、そして職員室でテレビを見ていた教師たちも、拍手を送っていた。

一方、一年一組の教室では、等々力の記者会見のことなどまったく知らない甘利田が、勢いよく給食を食べ続けている。

色鮮やかなニンジンに長ネギ、大根、こんにゃくに豚肉と具沢山《ぐだくさん》の豚汁を、箸で丁寧につまみながら、勢いよく食べていく。出汁と味噌の味が染みた野菜や豚肉の味にガッツポーズをして、最後に汁を飲み干す。

残りのザンギも食べ終え、最後のイカメシを頬張ろうとして楊枝が口に刺さるという事態に陥るも、おかずはすべて食べ切った。おしるこの白玉を頬に入れ、その丸くてモチモチした食感を楽しむ。なくなると、一滴も残さないよう汁を流し込んだ。小豆の柔らかな甘みが、口内を満たしていく。

記念すべきイカメシ給食最後を飾るのは、瓶牛乳。時間が経ち、ほどよいぬるさになった瓶を手に取り、フィルム、キャップを外す。

甘利田が、瓶を持って掲げる。視線の先には、甘利田と同じように、最後に牛乳瓶を持つ粒来の姿がある。乾杯するような動きと共に、一気に飲み干した。

同時にトレイに瓶を置き、甘利田と粒来が手を合わせる。

（ごちそうさまでした）

「ごちそうさまでした」

心で呟く甘利田と、声に出した粒来は、一緒に給食を食べ終えるのだった。

三学期最後の給食を終え、春休みを控えた忍川中学校職員室。すでに生徒たちは下校している。朝は晴天だったが、お昼頃からちらちらつき始めた雪が、すっかり暗くなった現在、勢いを強めつつあった。さすが函館、三月でも雪が降る。

教師たちも「お先に失礼します」と次々と職員室を出ていく。自席で作業をしている甘利田に対し、木戸も「お疲れさまでした」と頭を下げた。

一人職員室に残った甘利田は、まとめていた書類を引き出しに入れ、他に処理するものはないかと検《あらた》める。すると、中にあったハガキが目についた。

以前、忍川中学校宛に届いたハガキを坂爪が甘利田に渡しに来たことがあった。ちょうど給食のあとで、粒来への敗北感で一切反応できなかったため、坂爪はそっと置いておくだけに留めていた、あのハガキである。

宛名を見てから裏返すと――「昭和六二年卒業生　三年一組同窓会のお知らせ」と書かれていた。日付は、三月二八日。場所は、黍名子中学校三年一組。全体向けのメッセージのあとに、「皆川《みながわ》佐《さ》和《わ》子《こ》」の名前がある。学級委員だった女子生徒だ。

しばらくハガキを見つめていた甘利田だったが、出入口から聞こえてきた足音に気づいて振り返る。

そこには、比留川が立っていた。そのまま甘利田の近くまで歩み寄って来る。しばらく見つめ合うと、甘利田はその場に立ち上がった。

「すみませんでした。言うのが、あとになっちゃって」

小さく頭を下げる比留川。あとになった——終業式で知った沖縄への転勤のことだ。甘利田は今日、初めて比留川の口から聞いたことになる。

すぐには何も言えず、しんみりした沈黙が続いたあと、甘利田はなんとか「……いえ」と続けた。

「比留川先生が決めたことを……私は、応援します」

終業式でもそうしたように、甘利田は祝福を込めて頭を下げた。比留川は微笑んで「ありがとうございます」と返した。だがすぐに、笑顔は消える。

「先生に出会えてなかったら……こんな決断、一生しなかったと思います」

真摯に、まっすぐ甘利田を見つめる比留川の目からは——一筋の涙が流れていた。

泣きそうな顔は何度も見てきた甘利田だったが、実際に涙を流した姿を見たのは、彼女の父であるトーマスに意見を言ったときと、今だけだった。

顔を上げた甘利田は、涙について触れることなく、比留川から続くだろう言葉を待つ。

「私は……自分のことが、ずっと嫌いだったけど……甘利田先生といるときの私は、好きです」

その言葉を証明するように、比留川は笑顔を見せた。その目にはまた涙がたまっていたが、笑い続けることで流れるのを抑えようとしているようだ。

以前比留川が言っていた、「生まれてこの方ずっと存在する敵」とは、比留川自身のことだった。そのことに気づき、自分が少しでも「嫌いな自分を好きにさせることができた」という事実に――甘利田の心が、あたたかくなる。

寂しさと優しさを帯びた目で、甘利田は比留川を見つめた。

「別れるのが、こんなに悲しいと思わせてくれる出会いなんて……今までなかったから」

「……寂しくなります」

ようやく口を開いた甘利田の声は、震えていた。

今までも、甘利田は出会いと別れをくり返してきた。だが今回は、少しだけ勝手が違うように思えてならない。

見送られる側ではなく、初めて見送る側になったからなのか。それとも、新人の教育係という、初めての役割を与えられた相手だからなのか。その成長を、間近で見守ってきたからなのか。正確な理由はわからなかったが――この別れが、今の甘利田の胸を締めつけていることは確かだった。

甘利田の複雑な心境など知るはずのない比留川だったが、嬉しそうに笑っていた。

「そう言ってもらえて……少し、救われました」

いつも給食のことばかり考えている甘利田だからこそ、決して形だけで「寂しい」などとは言わない。そのことを理解している比留川もまた、心からそう思ったのだろう。

二人の間にしんみりした空気が広がっていく中、比留川はさらに甘利田に歩み寄った。

「甘利田先生」

「……はい」

比留川の言葉を聞き逃さないよう、身を入れて返事をする甘利田。比留川は、ニコッと笑った。

「ポーク玉子おにぎりって、知ってますか？」

「ポーク……なんです？」

聞いたことのない名前――しかも急に食べ物らしい名前を言われ、甘利田は戸惑いの声で応える。

「沖縄の名物です。最高においしいって、聞きました」

「ポーク玉子おにぎり……それは……うまそうですね」

改めて沖縄名物の名前を口にすると、甘利田の顔にも笑みが浮かんだ。それを見た比留川もまた笑みを深くしながら――また一つ、涙を落とす。

それでも穏やかな顔で笑い合いながら、二人は残りの時間を過ごした。

甘利田といえば給食で、食べ物だ。別れそのものは寂しくても、寂しいままで終わらせたくなかった比留川なりに、自分たちらしい別れにしたかったのかもしれない。

時は流れ、三月二八日。甘利田はかつて毎日通い、今では数年ぶりとなる道を――黍名子中学校の通学路を歩いていた。

函館と違い、三月ともなれば肌寒さと同時にあたたかさも感じられる。グレーのジャケットにベスト、スラックス姿で、甘利田は黍名子中学校に向かっていた。

誰もいない校門から校庭に入ると、ちらほら桜が咲いている。玄関口までやってくると、「昭和六二年卒業生　黍名子中学校同窓会」の看板が見えた。

「……」

ここまで来て、甘利田は足を止めた。

あのハガキを見てここまで来たのは、本当に何となくだった。比留川との別れの日に見つけたことで、感傷的になっていたのかもしれないが――甘利田自身はそこまで考えていなかった。

「……」

故に、いざ校舎の中に入る直前になって、我に返ってしまった。

開け放たれた窓から、笑い声が聞こえてくる。窓を見上げても中の様子はわからないが、楽しそうな雰囲気を察することはできる。

盛り上がっている――そう思った甘利田は、急に居心地が悪くなった。

今はもう、自分は彼らの担任教師ではない。黍名子中学にも、忍川中学でいう木戸のような、生徒と距離の近い体育教師はいたが、甘利田は違う。そんな自分が、同窓会の案内が届いたからといって姿を現しても、場の空気を壊してしまうのではないだろうか。

ここまで意識的に考えていたわけではない。だが甘利田は、同窓会に参加している自分を――うまく想像できなかった。

甘利田は中に入ることなく、踵を返した。そのまま玄関から校庭へ引き返す。わざわざ高い交通費をかけてやってきたのに、躊躇いは微塵もなかった。

しかし、校舎から聞き覚えのある音楽が聞こえてきて、甘利田は足を止めた。

黍名子中学校の校歌だった。

校舎から漏れ聞こえる、卒業生たちの歌声。耳から入って来た声が、甘利田の黍名子中学校時代の記憶をフラッシュバックさせる。

転校してきた神野と再会し、彼の給食アレンジを意識して給食を食べていた日々。

教育委員の策略により、教師だけ弁当持参になりそうになったことがあった。ショックで落ち込んでいた甘利田を、生徒たちは校歌をノリノリで――校歌斉唱時の甘利田と同じように——歌うことで、励ましてくれたことがあった。

　そのことを思い出した甘利田は、少しだけ笑う。黍名子中学校での日々は、甘利田の中で間違いなく、良い思い出だった。そう実感したからだ。

　それでも甘利田は、校舎に向かうことはなかった。その思い出を胸に、再び引き返そうと一歩踏み出すが——前方に人の気配がして、再び足を止めた。校庭に続く道に、見覚えのある青年が立っていたのだ。

　神野ゴウ。かつて、給食道を争った者——今思えば、ただ争っていたのは、自分だけだったのかもしれない、と甘利田は思い始めているが。

　いつも見ていた学生服ではなく、白地で襟と袖に青の縁取りの入ったセーターに、緑と白のチェックのシャツを着ている。記憶よりも背が伸び、顔つきも細く、大人びていた。

　甘利田を見つけた神野は、どこかホッとしたような表情で口を開く。

「来ても……帰っちゃうんじゃないかと思ってました」

　声変わりが進んだようで、甘利田の記憶よりも神野の声は低い。だが、今の甘利田にとって、それは些細《ささい》な変化だった。

「……相変わらず、先を読む」

　甘利田の声を聞いた神野は、笑みを深めた。

　そのまま甘利田は神野を追い越すと、神野も振り返って校庭を歩き始めた。しばらく無言が続いたが、校庭を進み、校門が近づいた頃になって、神野が再び話しかける。

「……で、出たんですか？」

「何が」

「イカメシです」

「ああ……最高だった」

「羨ましいな。僕も早く、現役復帰したいです」

いつも甘利田の先を行き、「羨ましい」と思わされてきた神野が、そう口にすることが、何となくおかしかった。微かに笑みを浮かべる甘利田の隣で、神野は続ける。

「高校卒業して、教育実習まで……まだあと五年も先ですけど」

「……時代は変わるが、給食は変わらん」

ようやく甘利田が口を開いたとき、二人は校門を抜けていた。神野の視線を受けながら、甘利田は足を止めて、「それに」と続ける。

「お前とは……」

「……はい？」

言葉が途切れた甘利田に、神野は先を促すように返事をする。だが甘利田は言葉を続けず、持っていたカバンからあるものを取り出した。

忍川中学校の学芸会で使った、「ホワイトマン人形」だ。少し見つめたあと、人形を神野に差し出した。

「何ですか、これ」

神野は受け取りながら、苦笑する。彼は「ホワイトマン」という劇のことも、この人形の存在も一切知らないので、戸惑うのも無理はなかった。

「……お前だ」

甘利田の真剣な顔と声で、神野から苦笑が消えた。今甘利田は、大切なことを言っている——そう感じ取ったかのような表情だった。

そんな神野の頭に手を伸ばした甘利田は、笑っていた。

「——またな」

優しい声で呟き、神野の頭を撫でた甘利田は、背を向けて歩き出した。

「……」

手渡された「ホワイトマン人形」に視線を落としたあと、神野は笑って甘利田の背中を見つめた。

「……失礼します」

かつて担任教師と生徒だった頃と同じように、神野は頭を下げた。

だが神野は、甘利田がただの生徒としてだけでなく——特別な思いを託してくれたことを、心のどこかで感じていたのかもしれない。

一九八九年——春、函館。

春休みが終わり、今日は忍川中学校の始業式だ。晴れの日に相応しく青空が広がり、海風に吹かれても凍えることはなかった。とはいえ、以前の学校にいた頃の四月よりは寒いが。

いつもの海辺の道を進むと、視界の先に粒来の姿が見えた。テラスを滑るように動く彼の靴には、四つの小さな車輪のついたもの——ローラースケートが取りつけられている。

「おはようございまーす！」

甘利田の姿に気づくと、粒来は大きく手を振って挨拶する。粒来に歩み寄りながら「おう」と返事をした甘利田は、粒来の足元に注目する。

「乗り物、変えたのか」

「はい。今流行ってるらしいです」

「今日から二年だ。いい加減落ち着いたらどうだ」

甘利田の言葉に、粒来は笑顔のまま答えない。代わりに、別のことを口にする。

「比留川先生は……もういないんですね」

「ああ。今頃……沖縄だ」

話をそらされたことを特に気にもせず、甘利田は海を見ながら答える。すると粒来は、ローラースケートのまま一歩近づいた。当然滑るので勢いがつき、甘利田に衝突する。甘利田が戸惑いの声を上げるのも気にせず、粒来は腕につかまったまま続けた。

「先生は……比留川先生と、ネンゴロなんですか」

「なっ⁉　どこで覚えた、そんな言葉」

「違うんですか？」

　さらなる問いに対し、甘利田は腕を振り払いながら「違う」と言い切る。

「じゃあ、アツアツですか？」

「アツアツじゃない」

「隅に置けませんねー」

「大人をバカにするな」

　しまいには、肘で甘利田をつつき出す粒来。どこかで見たことがあるような言動に、甘利田がぴしゃりと言う。一通り言いたいことを言って満足したのか、粒来からはそれ以上からかうような言葉は出てこなかった。

「僕、先生と友達になれてよかったです」

「……勝手に、友達にするな」

　嬉しそうな顔で言い切る粒来に、言葉とは裏腹に甘利田は笑う。

「また先生が、担任だと嬉しいです」

声は素っ気ないが、甘利田の手は粒来の頭に伸びていた。親しみのこもった手つきで、頭を撫でる。甘利田の手が離れると、二人は海を見つめた。

「……どうだかな」

「今日からまた、給食ですね」

「ああ、そうだな」

忍川中学は、始業式の日から給食がある。給食が一日の楽しみである甘利田にとって、かなりありがたいことだった。

「春休みの間、ずっと想像してました」

「……俺もだ」

「春の給食には、たまに桜餅《さくらもち》が出るんです」

粒来が付け加えた瞬間、「なっ、本当か⁉」と甘利田は食いついた。甘利田が転勤してから一度も食べたことがないなら、昨年一年生だった粒来も給食で見たことはないはずだが……給食のことをよく知る牧野辺りから、情報を入手したのかもしれない。

「好きですか？」

「ああ……大好きだ」

甘利田は、嬉しそうに笑う。それを見た粒来も、一緒に笑った。

そんな甘利田の視線が、いつの間にか粒来が履《は》いているローラースケートに向いていた。

「……カッコいいな」

「はい！」

「貸せ」

「……」

「……貸せ」

二度も強く言われ、粒来は観念したように少し笑って「はい」と答えた。その場でしゃがんで靴を固定している紐《ひも》を解き、ローラースケートを脱ぐ。渡されると、ローラースケートに革靴を履いた足を乗せ、紐を結ぶ。立ち上がって踏み出すが、最初は滑って立ち止まることができなかった。転ばないように上半身でバランスを取りながら、なんとかその場に立つ。

コツをつかんで少しずつ前に進み始めると、見守っていた粒来が甘利田のカバンを持ってついてきた。よろけた甘利田を支えたのを機に、粒来は甘利田の背中を押して滑らせていく。

教師と生徒であることに変わりはないが——今の二人は、まるで同世代の友達同士が、はしゃぎながら登校しているかのようだった。

あとがき

初めまして、もしくはお久しぶりでございます。紙吹みつ葉です。この度は本書『おいしい給食 Ｒｏａｄ ｔｏ イカメシ』をお手に取っていただき、ありがとうございます。

この作品は、二〇二三年一〇月に放映されたドラマ「おいしい給食 ＳＥＡＳＯＮ３」の続編にあたる、劇場版「おいしい給食 Ｒｏａｄ ｔｏ イカメシ」の小説版になります。

前作「おいしい給食 チリコンカンと北の友達」では、転勤先である函館《はこだて》で、新たなライバル（？）との給食バトルが勃発《ぼっぱつ》……したりしなかったりしていました（いつも、対抗意識を燃やしているのは、甘利田《あまりだ》先生のほうだけなので……）。

そして今回も引き続き函館、忍川《おしかわ》中学校を舞台に、給食に思いを馳《は》せる日々を送る甘利田先生。その傍ら、とある生徒は相変わらず給食が苦手だったり、ついに学芸会本番がやってきたり、とあるお触《ふ》れが出て給食が大変なことになったり――以降は、ぜひ本編をご覧ください。

今回は、一年経《た》たずに続きをお届けすることができました。前作で「アレ？」となっていたことについては、今回の内容で明らかになります。気にしてくださった方々が、少しでも楽しんでいただけたら幸いです。

小説版も五冊目となりました。思えば遠くへ来たものです。最初を思い返すと、甘利田先生には「全く変わっていないところ」と「確実に変わったところ」、両方あると思います。

個人的には、人って「まったく変わらないこと」も、「すべてが変わること」も、ないのではないかと思っています。現実では、なかなか実感しづらいほど、小さなことであることも多いでしょうけど、そういうもののような気がします。

甘利田先生はちょっと……いや結構、風変わりな人だとは思いますが、そういった面でいえば、身近に感じられる部分もあると思います。だからこそ、厳しくも強い言葉に、説得力があるのかな、と。

今回のお話は、ある意味では「甘利田先生の変化」の集大成、とも言えるかもしれません。そういった部分を、少しでも楽しんでいただけたら幸いです。

紙吹みつ葉

本作品は書き下ろしです。

またこの物語はフィクションです。実在する人物、団体等とは一切関係ありません。

協力　アミューズメントメディア総合学院　ＡＭＧ出版

中公文庫

おいしい給食《きゅうしょく》
──Road to イカメシ

2024年5月25日　初版発行

著　者　紙吹《かみぶき》みつ葉《ば》

発行者　安 部 順 一

発行所　中央公論新社
〒100-8152　東京都千代田区大手町1-7-1
電話　販売 03-5299-1730　編集 03-5299-1890
URL https://www.chuko.co.jp/

DTP　ハンズ・ミケ
印　刷　大日本印刷
製　本　大日本印刷

Published by CHUOKORON-SHINSHA, INC.
Printed in Japan　ISBN978-4-12-207515-3 C1193